江户川乱步青年侦探全集

# 绿衣人

【绿衣の鬼】

[日] 江户川乱步（えどがわ らんぽ）〇著

叶荣鼎〇译

08/20卷

時代文藝出版社

图书在版编目（CIP）数据

江户川乱步青年侦探全集. 08，绿衣人 /（日）江户川乱步著；
叶荣鼎译. —长春：时代文艺出版社，2016.6

ISBN 978-7-5387-5216-8

Ⅰ.①江… Ⅱ.①江… ②叶… Ⅲ.①侦探小说－日本－现代 Ⅳ.①I313.45

中国版本图书馆CIP数据核字（2016）第081149号

出 品 人　陈　琛
产品总监　郭力家
责任编辑　刘瑀婷
　　　　　闫松莹
装帧设计　黄　龙
排版制作　隋淑凤



江户川乱步青年侦探全集 08
绿衣人
[日] 江户川乱步 著　叶荣鼎 译

出版发行 / 时代文艺出版社
地址 / 长春市泰来街1825号 时代文艺出版社 邮编 / 130011
总编办 / 0431-86012927 发行部 / 0431-86012957 北京开发部 / 010-63108163
官方微博 / weibo.com / tlapress 天猫旗舰店 / sdwycbsgf.tmall.com
印刷 / 三河市万龙印装有限公司
开本 / 640mm × 910mm 1 / 16 字数 / 133千字 印张 / 12.25
版次 / 2016年6月第1版 印次 / 2016年6月第1次印刷 定价 / 20.00元

图书如有印装错误 请寄回印厂调换

# 出版说明

江户川乱步本名平井太郎，1894年10月21日生于日本三重县名张市，是日本著名的推理作家、评论家，“本格派” 推理的创始人，被誉为“日本侦探推理小说之父”。

1923年，他在《新青年》杂志上发表本格推理处女作《二钱铜币》（收录于全集11卷中）轰动文坛，奠定了日本侦探小说的基础，同时也引领了日本推理小说的创作风潮。

“本格”是日语词，有“正规、正统”之意。所谓“本格推理”是指推理者从谜案中搜寻蛛丝马迹，经过严密的逻辑推理，解开谜案疑点，拨云见日、找出真凶的过程。所以，在“本格推理”的世界中有两个要素不可或缺：一是难解的谜案（如密室杀人），二是逻辑严密的推理。这也是本格推理最大的魅力所在，因为谜案难解，才好奇；因为推理刺激，才痛快！

我们出版的“青年侦探全集”（全20卷），共包含23篇本格推理故事，情节扑朔迷离，悬念强烈，既充满诡谲的气氛，又有着环环相扣的严密推理。案情往往在看似山穷水尽之时峰回路转，出人意料又合情合理，令人拍案叫绝。其主角明智小五郎是江户川乱步成功塑造出的日本第一位名侦探，在日本家喻户晓，被称作“日本的福尔摩斯”。密室杀人案、死亡倒计时牌、钟楼里的秘密、五重塔的诅咒……不同于传统侦探故事中主角的开挂式超能，乱步笔下的大侦探在与凶手的博弈中，有时也会犯错误，甚至在交锋中败下阵来。但也正因如此，才使得明智小五郎的形象更为真实丰满，让金属般棱角分明的推理故事中多了一丝有血有肉的真情感。

该全集内容由著名日本文学翻译家叶荣鼎先生，历时八年翻译而成，不仅再现了一代推理大师的作品原貌，更注入了翻译家对大师的崇敬之情。相较于市面上现有的其他译本，叶荣鼎先生的译文文本规范、文字精当、情节紧凑、故事性强，适合各年龄段的读者阅读和收藏。

此外，还有专门为本套图书绘制的精美插图，穿插在故事中，凸现案件发展的关键节点。诚邀爱好侦探推理的朋友，跟随大师的妙笔一起畅游本格推理的世界。随着侦探与凶手视角的转换，一窥善恶。读罢小说，回归现实，你既不是机关算尽的凶手，也不是明察秋毫的神探，周遭的一切皆毫发无伤，但是你却收获了阅读应有的快乐。

**时代文艺出版社**

# 目 录

コンテンツ

# 影　子

初秋的一个夜晚，万里无云，群星璀璨，凉风习习。

东京银座大街上热闹非凡，到处是步履悠闲的行人。人流起伏，宛如看不到头的飘带。

无数霓虹灯竞相争艳，编织了一道绚丽的七彩夜景。

“咦，那是什么？”

被推搡着移动脚步的青年，突然抬起头望着夜空嘀咕。

他发现空中“嗖”地掠过一道光。

“什么？在什么方位？”同伴青年也仰望天空。

“好像是M百货公司的屋顶上！难道是有人在那里上演闹剧，或是为了活跃夜市的气氛？”

为庆祝公司创建五十周年，M百货公司正在举行大拍卖活动。晚上用这样的探照灯光源，大概是代替白天飘荡在空中的广告气球，以招揽顾客。

探照灯不停地闪射，抚摸着东京这座美丽都市的夜空。

这时，也许探照灯的控制者觉得仅在天空上做文章还不足以引起顾客的注意，将灯光在空中画了一道很大的弧线，片刻灯光又从空中滑向地面，人行道上顿时白茫茫一片。

“灯光画弧”重复了许多遍，在天地间绘制了一个又一个硕大的光圈。

热闹的银座大街上，到处是悄无声息的大厦，宛如一张张没有牙齿的嘴巴。在明亮的沿街橱窗和霓虹灯之间，探照灯光并不让人觉得刺眼，可一旦闪现在宁静而又漆黑的高楼大厦前时，猛地增强了亮度，照得大厦墙面一片雪白，宛如放映电影的银幕。

“喂，刚才那画面……你看见了吗？”

“嗯，看见了，是一张被放得很大的人脸，有点儿可怕。”

也不知是什么时候，他俩从人群中挤了出来，走到一棵属于重点保护的大柳树下，视线还紧跟着罕见的探照灯光。就在探照灯光凑巧照亮一幢五层建筑的墙面时，刹那间，一张侧面的人脸清晰地映在墙上。

也许是谁正巧从探照灯前经过？那似乎正要张开的嘴形和高鼻子以及细细的眼睫毛被放大了几千倍、几万倍，影子占据了整个建筑物。那难以形容的模样着实让人感到害怕。

“有趣！再看一会儿吧，说不定还有什么。”

“嘻嘻嘻……不愧是当侦探的料！一看见离奇或者古怪的东西，便立即把它们与案件挂起钩来，你是这样想吧？”

“不是那么回事……可仔细想一想，影子这东西总让人感到害怕。假设附近有光源装置能发射像阳光那么强烈的光线，别说我们小小的身体，就连整个东京都将变成影子。不光东京，就连日本列岛也将变成影子。”

青年说着，目光紧紧地跟随着探照灯光移动。

他那张脸的侧面被路灯照得清清楚楚，面熟，似乎在哪里见过。对了，想起来了，他不就是小林芳雄吗！

小林芳雄是大侦探明智小五郎的得力助手，常常出现在侦查舞台上，与狡猾的对手展开智慧较量，战绩斐然，大名鼎鼎。

他身旁的青年是高中学生大江光一，与小林芳雄很投缘，两个人兴趣相同。

这段时间里，探照灯光不停地在人们的脑袋上方时隐时现，还不时地用强光照亮那幢五层建筑。但是，他俩期盼的影子没有再出现。

“走吧！那影子不会再有了。”大江光一催促小林芳雄。

“嗯……”

小林芳雄尽管依依不舍，但脚步已经朝人行道移动了两三步。就在这时候，探照灯又“啪”地照亮了大楼侧面。

不知何故，这回探照灯光不再移动。

小林芳雄见状急忙停住脚步，与大江光一并肩紧盯着那幢五层大楼。

从他俩站的位置朝那里眺望，当大楼前面偶尔出现人流断层时，白色的探照灯光便照得更加清楚，宛如没放映电影的大银幕。

这时，有一个女子正巧朝那里走去。

白净的脸庞，优美的姿势，身着流行的时装，看上去很年轻。由于距离远，看得不很清楚，但可以感觉到是一个美丽女子。

女子很天真，若无其事地在探照灯光圈里走着。随着她的脚步向前挪动，照在她身上的光有节奏地闪烁，同时传来咯噔咯噔清脆悦耳的脚步声。

“喂，你看！”小林芳雄猛然间压低嗓音，手指着大楼顶上说道。

大江光一一直在全神贯注地望着探照灯光里行走的女子，被小林芳雄的突然举动吓了一跳，赶紧抬起头来。

夜空中的白色大楼屋顶上，有一个黑影无声无息地朝地面走来。

黑影像几根粗壮的棍子，似乎比电线杆还要粗。

一根，两根，三根，四根，五根，都被弯曲成奇怪形状，而它们的底部是连在一起的。

它们动作利索、协调……一边晃动一边悄悄地朝下走来。

“哦，是手，是手的影子！”

仔细一看，居然真的是一只巨大的手。

此时此刻，女子还没走到大楼前面的中心位置。

可怕的巨手正从脑袋上方朝她袭来，但她丝毫没有察觉，仍然漫不经心地走着，只是脚步比刚才快许多。

值得同情的是，她一旦被影子巨手抓住，将被捏扁而一命呜呼。

巨手的黑影这会儿没有停步，不停地朝下走啊走的，犹如巨大的蜘蛛向下爬行，那形状令人不寒而栗。

终于，影子就像抓捕蝴蝶那样，张开弯曲的手指，随即猛地捏紧。

刹那间，女子仿佛变成了一只美丽的蝴蝶。

“奇怪！如果纯属巧合，影子与实物的配合好得难以置信，不是吗？”小林芳雄脱口说道，嗓音很低。

突然，女子好像察觉到了恶作剧的影子巨手，猛地停下脚步开始发愣。

当她看到出乎意料的可怕影子后，好像受到了惊吓。她似乎打算快些逃走，可又像失去了奔跑的力气，当场蜷缩在地上，似乎被影子巨手按着。

女子开始晃动双手欲挣脱影子的控制，模样十分痛苦，在拼命地挣扎。

“喂，这女子与影子配合得非常协调，好像在演独角戏。”

小林芳雄话音刚落，巨手猛地不翼而飞了。突然间，更可怕的事发生了。

这不像出自巧合。再次从屋顶上伸下来的巨手，竟然握着锋利的双刃短剑。

刀刃影子的长度好像有两米左右。这把黑剑影子一边左右地晃动，一边朝地面刺下来。

黑剑影子径直朝着蜷缩在地上的女子挥舞，银光闪烁。

刹那间，小林芳雄好像听见了“啊”的叫喊声。

女子仿佛真的被短剑刺中了，身体不再动弹。

握着短剑的巨手一达到目的，就迅速抚摸着大楼墙面，登上夜空消失了。

这一现象的前后经过，只有几十秒钟，连人行道上的行人也几乎没察觉到。

好长一段时间，人们用怀疑的目光望着趴在人行道中间倒地不起的女子，从她两边走过。

小林芳雄和大江光一飞也似的穿过电车轨道，朝那个女子跑去。

“怎么啦？是不是身体不舒服？”

一个胖乎乎的中年绅士把手搭在女子肩膀上，大声问道。

“不好了，这女子昏迷不醒！”

绅士惊讶地抬起头来，望着已经跑过来的小林芳雄和大江光一。

大江光一敏捷地扶起女子的身体。

“快醒醒！没事的！”

大江光一使劲儿地摇晃着女子的身体，把嘴凑到她的耳边大声喊道。

正如刚才感觉到的那样，女子年轻貌美，只是脸色苍白，双眼紧闭，模样宛如美丽的蜡像。

大江光一紧盯着女子的脸，手不停地摇晃着她的身体。猛然间，他好像想起了什么。

“咦，这不是我姐姐的同学芳枝小姐吗？”

“什么？”

“听姐姐说，班里就数她长得漂亮，被同学称为‘班花’。前些日子，姐姐还把她介绍给我。”

几乎就在大江光一说这话的同时，女子忽然睁开美丽的双眼。

“咦，我这是怎么啦？真对不起。”

女子环视了一眼周围，满脸诧异，迅速从地上爬起。

可刚一站起，身体便不停地摇晃起来。

“芳枝小姐，我是大江光一，你大概不记得了，我是你同学大江伸子的弟弟。”

“哦，是大江小姐的……我羞愧得真是无地自容。刚才不知何故出现了可怕的幻觉……倒在这条人行道的中间……”芳枝难为情地辩解说。

大凡遇到这种情况，周围难免会有围观的人群。此刻，一张张好奇的脸正朝他们望着。

“大江君，快离开这里吧！前面横道上能喊到出租车……”

小林芳雄这么一提醒，大江光一连忙扶起芳枝分开人墙朝外挤去。

费了好一会儿工夫，他们三个人总算挤出人墙，坐上出租车突出重围。

“请问你家在哪里呀？”

“在代代木那里。我已经改成丈夫的姓了，叫世本芳枝。”世本芳枝已经完全恢复了元气，回答时却有点儿难以启齿似的。

原来，世本芳枝已经结婚。

见出租车启动，大江光一便把世本芳枝介绍给小林芳雄。世本芳枝好像非常了解小林芳雄的情况，还看到过他的照片。

“你怎么会那么吃惊？知道吗，有人在百货公司屋顶上搞恶作剧，用探照灯制造影子！”

少顷，小林芳雄开口问世本芳枝。

从一开始，他就觉得蹊跷。

“嗯，你看到影子了？其实，是有一些原因的……”

世本芳枝好像想起了什么可怕的往事，突然支支吾吾起来。

“果然不出我所料，肯定是有原因的，不过，在出租车里说不太合适。如果不是那样，无论什么闹剧，百货公司的屋顶上，按理都不可能出现那把危险的短剑，而且寒光闪闪。”

小林芳雄听完世本芳枝的回答，悄悄自问起来。

可怕的影子也许是什么人设的圈套？但那样做，目的究竟是什么？

# 预　兆

“是那一幢别墅。”世本芳枝走在前面，用手指着那边。

从弯弯曲曲的竹篱笆间隙里，可以看见那幢二层楼的欧式别墅高高耸立在黑色的夜空下，别墅周围是茂密的树林。

“沿着围墙转弯便是大门。”

世本芳枝借着昏暗的路灯在前面引路。突然，她猛地停住脚步不走了。

“怎么啦？”大江光一跑到跟前问她。

世本芳枝没有回答，目不转睛地望着前面，从脸上的表情看，好像发现了什么令人惊惧的情况。

前面是呈T字形的羊肠小道，被拐角射出的灯光照得如同白昼。虽说视线还够不着那里，可亮光多半来自世本家的门灯，也就是世本芳枝家。

大江光一的视线紧随着世本芳枝的目光移向路面。

被灯光照得犹如银幕的路面，映着帽子形状的长条影子，又粗又大。

倘若是行人的帽子投影，理应晃来晃去，可路面上的这条长影子没有丝毫移动的迹象，呈静止状态。

被投影的人也许在思考什么？或许早已知道世本芳枝要带着客人回家，便在这里等候。

帽子投影大得令人咋舌，扁扁的，长长的，足有两米左右。

这时，小林芳雄朝前奔跑起来。转过前面那个弯，就能知道投影的真面目。

还没跑几步，小林芳雄猛地停住脚步，浑身上下不由得晃了一下。原来，他听到了一种令人不寒而栗的声音。

声音低沉，像模糊的笑声。伴随着笑声，地面上笔直伸展的嘴唇投影，像波浪一样晃动起来。

侧耳细听，又不像人的声音，像某种回声，像没有生命的妖怪在狞笑，这是令人毛骨悚然的笑声。

小林芳雄心里更加慌张，腿脚也止不住颤抖起来，可他毕竟是侦探助手，有良好的心理素质。他稍稍调整心态后，不顾一切地朝那里跑去。

就在他转弯的那一刻，地面上的投影刹那间消失了，空空荡荡的，那里根本就没有什么人。

“一个人也没有，过来吧！我们好像太神经质了，其实，根本用不着害怕这种影子。”小林芳雄大声嚷嚷。

世本芳枝似乎终于放下心来，与大江光一并肩朝门口走去。

“也许是经过门前的行人突然想起什么而发出笑声？”

大江光一说，小林芳雄附和着笑了，唯独世本芳枝的脸上没有笑容。

“不，不是那么回事！一定是妖怪，就是那个把世本君搅得患病的恶魔！详细情况，我到家后跟你们说。好了，请快进屋吧！”

世本芳枝走到玄关跟前按响门铃，片刻，门内传出转动锁的声音，接着探出一张圆脸。她是世本家的女用人，不知何故，表情慌里慌张的。

小林芳雄和大江光一被请到一间不大的客厅里。

也许是世本芳枝精心装饰过的缘故，客厅里的装饰和色彩让人感觉非常舒坦，尽管这些家具、摆件和挂件都是极其普通的。

“嗯，这家比我想象的要普通。按这样的状况分析，房子可能不是世本君自己的，是向房东租的。”

小林芳雄一坐到椅子上便沉思起来。

片刻，世本芳枝端着红茶进来，身上换了一件上等面料、橘红色的连衣裙。或许是怪事连连的缘故，她脸色苍白，显示出忧心忡忡的样子。在连衣裙颜色的衬托下，白净的脸庞显得格外美丽。

跟在世本芳枝身后走进房间的，是她的丈夫世本静夫，他身着黑色长袍。

“我因在家养病，所以才这身打扮见你们，实在是太失礼了。听芳枝说，她得到了你们两位的救助……”

世本静夫恭恭敬敬地行见面礼。

世本静夫是著名画家，两个年轻人久仰他的大名。

他一副艺术家打扮，肩上披着女子那样的长发，似乎没有梳理过。苍白的前额上有不太整齐的刘海儿，嘴角和下巴留着黑胡子，也许是眼疾的缘故，鼻梁上架着蓝眼镜。

“哎呀，你在养病，我们可不能给患者添麻烦，请快回房间休息吧！”大江光一担心地说道。

世本静夫有气无力地笑了笑，慢吞吞地说：“不，你们俩是客人，能光临我家，对我来说太难得了。平日里单独在家，总是惶惶不可终日。我说这些，也许会被你们当作笑话，可最近，我们夫妇俩确实被恶魔盯上了。”

“什么？你是说恶魔？静夫君，如果你不觉得为难，说出来让我们听听好吗？”

小林芳雄听他这么一说，不由得向前探出身体。

“谢谢。刚才，我和芳枝交谈过了，小林君是一个非常出色的侦探，大江君又是她好同学的弟弟，都不是什么陌生人，再说今晚的相会真的很巧。如果你们不嫌啰唆，那我就说说这几天来的烦恼……”

“也不知道我俩能否帮上你们的忙，先听听你近来发生的奇怪情况吧，我们尽一切可能为你们夫妻提供帮助。”

“那太谢谢了。说起来，情况也不怎么复杂，只是那怪影子老是缠着我们，就这些。我反复思考了许久，就是不明白怪物为什么会出现在我们身边。刚才，芳枝说大门那里有可疑情况。我想，你们一定也听到了可疑的笑声。我是个大男人，说这种话真窝囊，可我确实被怪影子和笑声弄得心神不宁，晕头转向，就像你们现在看到的模样，萎靡不振，还得卧床养病。”世本静夫说完难为情地笑了，满脸尴尬的表情。

“哦，原来是这么回事。请问，影子到底是怎么回事？我们也是今晚连续两次碰上才得知有这么一回事，如果是恶作剧，你们也不必放在心上。”

“不，不是什么恶作剧。我隐隐约约觉得，影子背后藏有不可告人的恶意。还有更令人恐惧的是，那是一个没有肉没有血时隐时现的影子。说影子是妖怪，我绝对不信，因为那家伙的恐怖程度远远超过妖怪。”

“到底是什么时候出现的？”

“是从一星期前开始的，如果是大白天，我只要在书房里书写、阅读或者整理什么的，关闭的窗帘上就会映照出硕大的人影。就是大声喊叫也不管用，那家伙既不转动身体也不回答。

“当我感到惊奇和纳闷儿的时候，它会突然间发出一阵笑声。可怕的笑声就像一盆冷水浇在我头上，从头凉到脚底。当我强迫自己鼓起勇气拉开窗帘仔细观望时，影子却消失得无影无踪，窗外仍然是阳光明媚的大晴天。”

“那影子肯定是朝别墅背后的树林里逃走了。你找过脚印吗？”

“我事后调查过，都是草地，没找到脚印。再说，怪物也没有逃走的时间。”

“不仅仅是那一次吧？”

“是的，从那以后，影子几乎每天都出现一次。每次出现的时候，影子映得清清楚楚，影子中的人身穿长袍，头上没戴帽子，头发蓬乱，笑声令人毛骨悚然。”

“每次出现的时候都是在书房吗？”

“影子从不重复出现在同样的场所。傍晚我坐在院子里的椅子上时，影子便出现在地面上；深夜我走进厨房，已经关掉的电灯却亮着，影子占据了整个磨砂玻璃窗。”

“当时，世本君大声惊叫，随即倒在地上失去了知觉。”世本芳枝在一旁小声插话。

“虽说都是一些难以启齿的事情，可确实有那么回事。打那以后，我就患上了失眠症和心脏病。影子时而出现在书房，时而出现在卧室，从来不说话，只是笑而已。我大声呵斥，那家伙不发火也不偷什么。究竟是什么目的，我实在弄不明白。”

世本静夫说到这里叹了一口气，接着又说：“芳枝比较平静，因为影子每次都是在我独自一人时出现。芳枝有时看到我魂不守舍的模样，就会像看到笑话那样笑个不停。不过，她今天也应该体会到了吧！”

小林芳雄被这奇怪的事件深深吸引住了。

影子绝对不是什么妖怪！影子的出现，是歹徒正式实施罪恶阴谋的前兆，远比妖怪要可怕几十倍。

# 坠　子

“你能提供什么线索？例如，对你有成见而平时喜好恶作剧的朋友，或者你曾经得罪过的人……”小林芳雄问。

“你说的那种情况根本没有。”世本静夫似乎喉咙里有痰，说话声音怪兮兮的，全身上下焦躁不安地抖个不停。

小林芳雄紧盯着对方的奇怪举动，猛然觉得他肯定还隐瞒了什么。

就现在发生的情况来看，对方说的似乎是捕风捉影，即便是事实，影子也好像还没有要加害于他的迹象。像这样的情况，如果要求警方保护或者立案侦查，还不会得到什么显著效果。

“嗯，依我看，你不能继续住在这么偏僻的地方。如果搬迁到热闹一点儿的地方居住，你看如何？即使影子跟着你们转移到别处，住所周围如果是热闹场所，危险就会减少，心情也会慢慢好起来，对身心健康肯定有利。”

“是的，我也是那么想的。像这样令人胆战心惊的住宅，我已经连一天也不愿意再住下去……”

世本芳枝附和着小林芳雄的提议，敲起边鼓。

就在这时候，眼前突然变得昏暗起来，整幢住宅里的灯光全熄灭了，屋子里一片漆黑。

“怎么啦，线路发生故障了？”不知谁说了这么一句，接着再也没有人说话，大家都使尽全身力气屏住呼吸。

事情往往出乎意料！由于大家都同时觉得停电意味着什么，不由自主地把身体缩成一团，八只眼睛不约而同地紧盯着房间的一侧。

那里有窗，磨砂玻璃犹如沐浴着月光一般朦朦胧胧的。忽然间，那上面出现了一个很大的影子。

是幻觉，是心理作用。

大家的心里都在极力地否定这一明摆着的事实。

然而，看着看着，奇怪的影子越发清晰起来。

是人的形状！蓬乱而又卷曲的头发，身上的长袍从肩膀向下张开，宛如将军的披风。影子男人丝毫没有动弹，嘴里发出嘶哑的笑声，仿佛在嘲笑他们四个人。

笑声过后，传来的是仿佛来自深邃洞穴的回声。这洞穴里，好像有一个八九十岁、嘴里没有牙齿的怪老人，声音就来源于他的喉咙深处，令人恶心。

突然，小林芳雄站起来朝窗户那里跑去，一不小心把椅子碰倒在地上，发出“咣当”的响声。

紧接着，“咣当”又传出另一张椅子倒地的响声，大江光一也站起来，跟在小林芳雄身后朝窗子那里跑去。

两个人跑到窗边，迅速打开玻璃窗。与此同时，一股冷飕飕的夜风刮进房间。

但是，窗外根本没有发现可疑的人。透过竹篱笆围墙向外照射的灯光，模模糊糊的，什么可疑的变化也没有。歹徒肯定已经逃走。

两个人把脑袋探出窗子搜寻院子，这时，房间里的电灯“啪”地亮了。

世本静夫和世本芳枝为了相互壮胆，抱成一团，不敢动弹。世本静夫仍然直愣愣地盯着玻璃窗，世本芳枝趴在丈夫膝盖上，似乎已经失去了知觉。

“喂，咱们去院子里搜查！”

小林芳雄和大江光一相继翻窗跳到院子里。

片刻，世本静夫也拿着手电筒来了。

三个人拿着手电在院子里展开地毯式的搜索，然而，不要说人，就连脚印也没有见着。他们又重新搜索了一遍，随后回到房间，袜子上沾满了泥土。

小林芳雄的右手紧紧攥着什么，好像是非常重要的东西。

“看到这东西，你能想到什么吗？”

他摊开手掌，出现在大家眼前的是一个小而圆的东西，闪烁着金色的光芒。这是装饰在项链和表链上的金属坠子，用来装小照片的。

“是金属坠子吧！”

“是的，是不是安在你表带上的？”

“不，我和芳枝的表带上都没有这种金属坠子。你是在哪里发现的？”

“我是在窗外草地上发现的。由于闪闪发亮而被我发现，便拾起来了。最近，除你们俩以外有人在院子里散步吗？”

“有客人来，但他们没在院子里散过步。”

“这么说，金属坠子也许是制造影子的家伙掉在地上的。”

“哦！”

“打开看一下，里面到底藏着什么？”

小林芳雄打开金坠子盖。

“是照片，是女人照片！”

四个人轮流把它拿在手上查看。金坠子里除了一张照片外，没有其他值得怀疑的东西。

照片上的妇女三十岁左右，非常靓丽。是从衣领到脸部的半身照，可发型老气，照片已经泛黄，是一张经过许多岁月的照片。

金坠子最后一个传到世本芳枝的手里。她瞥了一眼照片，竟失声叫了起来。

“啊！”她满脸惊愕。

“你知道是谁吗？”世本静夫担心地望着妻子的脸。

“是的……哦不，不认识，根本不认识！我突然想起一个人来，可仔细琢磨后觉得一点儿也不像。”她眼睛朝下，脸色微红。

也不知何故，世本静夫没有继续追问下去，金坠子的事情就这样不了了之。

“奇怪！芳枝小姐知道金坠子上的照片里的人是谁，可这种蒙混过关的方式也太蹩脚了！”小林芳雄暗自琢磨，疑虑越来越深。

“这坠子暂时由我保管，我想深入调查一下。”小林芳雄装着若无其事，漫不经心地说。

世本静夫的脸上微微露出有点儿为难的表情，转过脸望了一眼妻子。世本芳枝不露声色，朝着小林芳雄说：“行，我们拿着它没用，看到它就像看到怪物那样害怕。”

于是，小林芳雄将金属坠子放入口袋。

不知不觉的，已经过了夜里十二点。世本夫妇再三邀请两个青年留在家里过夜，可他俩婉言谢绝了主人的一番好意，答应第二天傍晚再度拜访世本家。

回家的出租车上，两个人就当天接连发生的奇怪现象交谈了好一会儿。

由于奇怪影子的出现，激发起两个人浓厚的好奇心。分手时，他们约定傍晚时在世本家见面。

# 绿　　影

一觉醒来已快到中午，终于等来了下午。按照事先说好的，大江光一给小林芳雄挂了电话。

“大江君，真对不起，正巧来了朋友，过一会儿我直接去世本家，请你先去吧。现在，世本夫妇俩也许在盼着我们呢！”

听小林芳雄这么一说，大江光一决定自己先去。

到达代代木的时候，已经是黄昏过后。当大江光一走在与昨天相同、两侧是竹篱笆的路上时，心里有点儿紧张的感觉。

穿过大门，被黑暗笼罩的世本别墅显得特别寂静。从门廊旁边的书房窗户可以看到房间里亮着灯光。大江光一向着灯光走进去。

书房玻璃窗被里面的淡黄色窗帘盖得严严实实，房里坐着世本静夫，好像在看书。大江光一快步朝那里走去，忽然发现窗帘上映有人的影子。

“这人一定是世本君。”

大江光一打算主动上前与他打招呼，可就在这时候，那影子瞬间变得大了起来，直至与整个窗户一般大，并且非常清楚地映照在上面。

蓬乱而又略带卷曲的头发，长袍下摆开衩。

是那个男子！又是那个男子的影子！

大江光一不由得停住脚步，与此同时，心跳开始加快。

“嗯，还是等一等，好像有点儿奇怪，这影子不是从里面映照在窗帘上的吗？看来，歹徒在书房里。”

大江光一突然恍然大悟。

“我要趁对方没有发现自己时，赶紧找到窗帘上的缝隙，弄清楚此人的真实面目。”

他蹑手蹑脚地走到窗前。

可无论怎么寻找，都没有找到可以窥视房间里面的窗帘缝隙。大江光一只好踮起脚尖走上玄关的台阶，打算从别墅里绕到书房。

不知何故，昨晚他俩临走时紧紧关上的门却敞开着。

“奇怪！”大江光一的脑子里突然什么也顾不上考虑，急着想进入别墅。

“过一会儿再道歉吧！”

他也顾不上脱鞋，径直走入玄关里的走廊，踮起脚尖朝书房门口走去。

凑巧这时传来惊叫声，似乎在催他快去书房，不是女人的声音，而是男人的，与猛兽的吼声相似。大江光一三步并作两步地跑到书房门口，可房门紧闭，里面好像上了锁。

“世本君！世本君！”他大声嚷道。

不料书房里静悄悄的，没有回答的声音。

“喂，里面有人吗？世本君，我是大江啊！”

整个别墅里，回荡着大江光一的叫喊声。

没有其他人，只听见书房里传出奇怪的声音。声音耳熟，是曾经听见过的笑声。

“谁？谁在那里？”

对方没有回答，只是压低嗓门儿一个劲儿地笑。

不一会儿，声音变得细声细气，猛然间停止了。

大江光一听着听着，不由得感到一阵恐怖，打算立刻从这里逃走，但一琢磨刚才的惊叫声，又觉得不能这样逃走了事。

猛然间，他发现锁孔里泄漏出一丝灯光，赶紧蹲在地上把眼睛凑在孔上窥视。锁孔里可以看到房间中央，好像有什么东西倒在地上，长条形状。

蓬乱的短发，曾经见过的长袍。仔细打量，是世本静夫！有红红的颜色进入眼帘，在世本静夫的身体下面慢慢地流淌，那是血！

大江光一见状猛地站起来，使出全身力气用肩膀撞门。一次，两次，三次……门在多次撞击下，发出咯咯的响声，整个房门变得歪斜，随后朝里倒下。

大江光一见房门被撞开立即闯入里面，站在房间中央扫视四周。

一个人都没有！刚才从外面看到的那扇窗已呈敞开状态，淡黄色的窗帘正在随风慢悠悠地飘荡。歹徒多半翻窗逃走了。

“世本君！世本君！”

大江光一走到倒在地上的世本静夫旁边，朝他大声喊道，可是他没有反应。

只见世本静夫身上的长袍在胸部位置敞开着，里面的白衬衫上沾有湿漉漉的血迹，他脸色灰白，嘴唇紧闭，双手握拳，但手里没任何东西，模样惨不忍睹。

大江光一极力克制着自己想逃走的念头，硬着头皮朝世本静夫靠近。此刻，他打算先给世本静夫号脉，于是弯下腰将手朝世本静夫的手腕伸去。

说时迟那时快，大江光一突然感到四周像地震那样晃动，屁股上被坚硬的东西猛击，紧接着，后脑勺也受到重击，他一个趔趄趴倒在地上，失去了知觉。

在失去知觉前的瞬间，一个家伙映入大江光一的视线里，是这个人？可惜的是，大江光一的视觉已经失去辨别偷袭者是谁的能力，只是隐约感觉到一抹鲜艳的绿色而已。

一种翠绿色。如果大江光一能死里逃生，也许永远忘不了那翠绿的颜色。

可怕的绿影子，就这样杀害了世本静夫，还猛击了大江光一，让他不省人事。整个别墅空荡荡的，也不知道世本芳枝在哪里。

可疑的绿影子到底是谁？

# 消失

小林芳雄来到世本家，是三十分钟以后。

“好像出什么事了？”

小林芳雄经过大门时，直觉告诉了他。

他走上台阶，发现玄关门敞开着，别墅里鸦雀无声。朝里打量，发现门内侧的走廊地板上有长方形的灯光。

小林芳雄小心翼翼地朝灯光靠近。

原来，灯光是从房门倒地的书房里照出来的。不仅如此，书房门口还露出两只穿着鞋子的脚。

“咦，这不是大江君吗？”小林芳雄喊了一声闯进房间。

见大江光一趴倒在地上，脸几乎没有一丝血色，像张白纸。

“喂，快醒醒！到底怎么啦？”小林芳雄扶起大江光一，大声叫道。

喊了好一会儿，大江光一终于苏醒了，但浑身使不出力气，连站都站不起来，感觉后脑勺似乎受到过猛击。

“快，找那个绿色家伙……他一定藏在窗帘背后……”大江光一有气无力地躺在地上，嘴里不停地重复着。

“你说什么？绿色家伙？”

“嗯，我没有看清楚那家伙长得什么模样，可绿颜色我记得很清楚。影子人终于开了杀戒。”

“还是那个家伙吗？刚才你说那家伙杀了人，到底是谁被杀了？”

“好像躺在那里，是世本君。”大江光一无力地伸出手，指着房间一侧。

小林芳雄猛地转过脸朝那里望去，可是既没有尸体的影子，也没有尸体形状的东西，只是地毯被血染红了。

小林芳雄见状大吃一惊，半晌没有说话。

“哎，你看，房间里根本没有尸体之类的东西，只有血！”

大江光一听小林芳雄这么一说，满脸诧异地愣了一会儿，费了好大劲儿侧过脸朝那里望去。他看了好一会儿，惊讶得说不出话来。

“快找！也许爬到哪里去了。也不知道芳枝小姐怎么样啦。”

“好，你等一等，我先去喊医生来给你包扎，不要乱动！”

小林芳雄说完，跑出房间打开别墅内所有的灯，一个房间一个房间地搜寻，可所有房间都是空的。

当他最后打开厨房玻璃门，用手摸着找到电源开关按亮电灯时，发现墙角躺着一团奇怪的东西。

“啊，这不是昨天那个女用人吗？”

女用人的手脚被绑住，模样像一只大虾。她嘴上被蒙了一条毛巾，身体在不停地挣扎。绿色家伙太狠毒了，连女用人的眼睛也被毛巾蒙住了。

小林芳雄急忙为她解开身上的绳索，拿掉脸上的毛巾。

“别哭，别哭！这到底是谁干的？”

年纪还小的女用人伤心地哭个不停，过了好一会儿，她才停住哭声开始说话。她说自己正在洗东西的时候，冷不防有人从背后用湿漉漉的毛巾蒙住她的嘴，又用毛巾蒙住她的眼睛。

“你没看见那家伙长得什么模样？”小林芳雄焦急地想知道下文。

女用人浑身上下还在哆嗦。她说眼睛被蒙住的时候，看到的是一个绿色的家伙。停了片刻，她又思索了一会儿继续说：“跟青草的颜色一样绿。”

又是绿色。可见，女用人和大江光一看到的情况是一致的，凶手是一个全身绿色打扮的家伙。

女用人说，她手脚五花大绑后被拖到壁龛的地板上。接着，书房那里也传来可怕的声音。再接着，玄关那里传来说话声，然后就是什么东西被撞坏的响声。

“那么，夫人呢？是不是出门了？”

“什么？那可糟啦！夫人可能也被那家伙……”女用人又哭了。

“照这么说，夫人在家没出门，这是肯定的吗？”

“嗯，她说来了客人……”

如果真是这么回事，世本芳枝肯定也倒在某个房间里！

“隔壁邻居家有电话吗？”

“有。”

“那你知不知道这家有什么亲戚或者关系比较密切的朋友？”

“不知道，我是一星期前刚被聘用的。”

小林芳雄觉得再也无法从女用人嘴里得到什么了，便慌忙朝外跑去。

少顷，他和隔壁邻居回来了。

大家聚集在书房里，在医生没来之前，忙着照料大江光一。同时，小林芳雄向邻居说起了事件的大致情况。

不料这时候，竟然又发生了怪事。

别墅里所有的灯光都熄灭了。漆黑的房间里，浮现在大家眼前的，是长方形的淡黄色窗帘。那扇窗由于远处灯光的映照，在黑暗里非常明亮。

刹那间，窗帘上出现了一个很大的人影。

还是那下摆宽大的长袍，头发蓬乱，脸部侧面十分清晰，嘴唇歪斜着。突然，房间里又回响起曾经听到过的可怕笑声……

现在，我们把时间倒退两分钟。窗外究竟发生了什么？

这得从世本别墅里所有亮着的灯猛然熄灭时说起。

东京闹市中心的上空被染成火红的颜色，仿佛发生了火灾。在红色天空的背景下，浮现着世本家的欧式洋房。

当时，从那幢建筑物底层蹿出一个黑影，在黑暗里朝外跑。

这家伙是个身着黑色长袍的男子，好像是从厨房门口蹿出来的。照这么说，厨房里的总照明就是这个家伙切断的！

歹徒在草地上奔跑着，悄悄地靠近书房窗户，右手上拿着一个圆筒形状的东西。当走到距离窗户五六米的地方时，他把手上圆筒形状的东西竖在地上，将圆筒口对准窗户。

接着，传来轻轻的“咔嚓”声。

于是，从书房窗户到墙面，被圆筒里射出的探照灯似的光照得如同白昼。

这时，身着黑长袍的男子猛地站起身来，刹那间，他的上半身清楚地影映在窗帘上。被灯光照亮的男子侧脸，从房间里看得非常清晰。

略带赭色的蓬乱头发，没有胡子的脸上毫无表情，眼睛细而有神，鼻梁挺拔，嘴唇弯曲，右边脸颊上有镰刀形状的伤痕，像一条很深的皱纹。片刻，那家伙笑了。残忍而又冷酷的笑声，让人觉得仿佛全身的血液都凝固了。

书房里一片寂静，可再过一会儿，肯定会有谁为了抓捕歹徒而冲出玄关。

怪物一边压低嗓音笑，一边观察着里面的反应。

一秒，两秒，三秒……窗帘内侧，好像有东西在晃动。

怪物见状，敏捷地打开手电像一阵风似的朝院子里奔跑。

书房窗帘被呼地打开，出现了两道锐利的目光，小林芳雄越窗跳向院子，可还是稍稍迟了一步，歹徒已经逃出了他的视线范围。

孤身一人的小林芳雄，凭借手电光搜查院子里的所有角落。不一会儿，圆圆的手电光束越过竹篱笆，朝着别墅背后的杂树林射去。

## 脚　印

世本别墅被不计其数的警车围得水泄不通。

负责搜查的当地警署侦查主任、侦查警官以及警视厅的警察们先后赶到现场。他们中间，有小林芳雄和大家熟悉的中村警长。

大江光一接受了医生的治疗，被警车送回了家。警察们分成好几组搜索每个房间，可是没能找到任何可疑线索。

现场留下的唯一线索，是书房地上尸体留下的血迹。法医鉴定了地毯上的血，推断被害人已经死亡。

搜查结束后，小林芳雄对中村警长说："我有一个小小的发现！瞧，血迹朝一个方向延伸，这足以证明凶手是拖拽着尸体逃走的。"

"是的。但是如果是拖拽，血迹应该不停地延伸，因为受害人被拖拽的过程中，血在不停地流淌。如果仅这里有血，从道理上说不通。”

“我也那样思考过了，而且调查过了。除这里有血外，其他地方一滴血也没有。看来，凶手是在这里把尸体装入箱子之类的东西里带走的。”

“哦，原来是这么回事……可是，凶手的动机呢？”

“凶手的动机吗，我也考虑过。在介绍这情况之前，还是跟我去看一下院子好吗？那里有重要线索。”

小林芳雄走在头里，中村警长带着部下朝院子里走去。

草地上，圆圆的手电光束相互交叉。

“通常，在草地上走路不会留下脚印，可这里偏偏有这么深的脚印。”

小林芳雄一边说一边指着地面。果然，这一小块草地朝下凹陷，而且陷得很深，每个脚印之间是三十厘米左右的距离，朝别墅背后延伸。

“可见，凶手好像是拿着非常沉重的东西从这里经过的。”

“你是说，凶手在搬运装有尸体的箱子？”

“嗯，多半是那么回事。可以想象，凶手肯定是个力气不小的家伙。还有，这里有两条相同的脚印线。”

一开始脚印几乎是平行的，脚印很深，朝前方延伸。

“凶手除搬运尸体外还抱着很重的东西。如果我的推理正确，多半是抱着世本芳枝，不知道她是否也被害了。我想，她肯定与世本静夫的尸体一起被带着了。”

“那我们现在沿脚印寻找。”

“好，就这么办。沿着脚印找下去，线索会更清楚。”

大家用手电照亮地面寻找着。不一会儿，他们来到别墅背后的竹篱笆跟前。这时，只见小林芳雄将手伸入茂密的树枝里，窸窸窣窣不知干着什么。

“这里有秘密入口！”

他说完使劲儿推了一下竹篱笆，于是，两米长的竹篱笆犹如一道木栅门似的无声地开了。

竹篱笆里面，是稀稀拉拉的杂树林。

地面是非常湿润的黑色泥土，凶手的脚印显得格外清楚。

经过仔细观察，竟有六条行走线路，但脚印相同。三条行走线路的脚印，朝着竹篱笆内侧延伸；另三条行走线路的脚印，朝着竹篱笆外侧延伸。其中，有两条线路的脚印在泥土里陷得很深，比其他线路的脚印深两三倍。

“我是这样分析的，六条线路的脚印分别如下：一是，凶手潜入别墅时留下的脚印；二是，搬运沉重行李留下的脚印；三是，返回时留下的脚印；四是，第二次搬运时留下的脚印；五是，再返回时留下的脚印；六是，将影子映照在书房玻璃窗后逃走时留下的脚印。”

小林芳雄不愧是明智小五郎的得力助手，他的这番推理非常严密，具有可信度。

“现在我要说的是，他们把尸体搬运到什么地方了。这里，有证据可以说明。”

他与警官们一起来到距离竹篱笆三十米左右的地方，这里有一小片空地，留有十分清晰的车胎痕迹。

“凶手把车停在这里并且在这里干了一些什么。无疑，之后车立刻驶向了对面的柏油路。”

出乎大家意料的是，这里竟然有路。根据时间推算，凶手已经逃走一个小时了。中村警长向警视厅汇报了这一情况，片刻，警视厅指挥中心向各警署、各派出所和各警务站以及巡逻警车下达了设卡盘查的命令。

脚印上没有什么与众不同的特征，只是脚的尺寸特别大。车胎印也做了鉴定，四只车胎都已经陈旧，车胎花纹已经消失，没有留下有价值的线索。

“像这样难以辨明的事件，在我的侦查生涯中还是头一次遇到。凶手为什么特意把被害人的尸体运走？这不是浪费时间和给自己添麻烦吗？”中村警长不可思议地嘀咕着。

“嗯，我是这么考虑的。凶手与世本静夫肯定有很深的仇恨，打算先折磨这对夫妻，随后杀害他们。由此，我想起了影子与恐怖的笑声。

“凶手利用这一手段让夫妇俩每天惶惶不可终日，等到他们受尽折磨后，才按事先制订的计划于今晚杀害他俩。可凶手并不聪明，忘了擦掉留在地上的血迹。

“凶手原先的打算可能是将世本夫妇俩杀害后运出现场，制造他们夫妇下落不明的假象。不料，半路上杀出个大江光一，突然闯入世本别墅，并且还撞开了书房的门。

“凶手不得已将大江光一击昏在地，匆匆忙忙地将尸体运走。我想事情经过多半是这样的。凶手之所以又返回现场，可能是他觉得没有擦掉留在现场的血迹，尽管费了九牛二虎之力运走了尸体，还是不起作用。因为，留下血迹等于留下线索。

“当凶手再返回时，发现我已经赶到现场，女用人也已经被松绑。于是，他无可奈何地耍出最后一招，吓唬我们一下便逃之夭夭。我这样的推理应该是合乎逻辑的吧？”

“太妙了！你不愧是明智小五郎的得意门生，佩服佩服，我甘拜下风！哈哈哈……”

中村警长笑呵呵地夸奖小林芳雄，可笑声里多少带点儿嘲弄的口吻。

“不管怎么说，侦破这一案件的困难还很多，我们首先要做的是尽快救出生死不明的世本芳枝。根据目前找到的线索判断，凶手带走的是两件大行李，抓获他也许用不了多少时间。这是有计划、有预谋的凶杀绑架案，凶手肯定是被害者的熟人。下一步，我们要抓紧排查世本夫妇俩的所有亲戚和朋友。”

中村警长返回书房，把第一个搜查目标放在所有的抽屉上，开始认真地调查。

# 独　语

世本别墅案发生当天的晚上，麻布高台的一家小宾馆门前，停着一辆奔驰轿车。

奔驰轿车是目前最高级、最豪华的轿车，但这辆车是1948年的款式，相当陈旧。

见奔驰车停在门口，服务生们争先恐后地拥上去，为客人打开车门。

“我叫柳田，今天早晨打电话预订房间的，请问房间安排好了吗？”

客人的个头很高，年龄在三十岁左右。他独自驾车来到宾馆，后排座位上并排放着两只大箱子。

“嗯，已经安排好了。请，我给您带路。”

客人从车上下来，身着鲜艳的绿色西服，西服面料上没有任何花纹。不仅西服是绿的，就连领带和礼帽也都是绿色。

他取出小皮箱拿在手上，用严肃的语气说：“服务员，请帮我把车上的箱子搬到房间里去！箱子很重，要注意，那里面装着许多珍贵的书籍。”

旅行用的大箱子，厚度有五十厘米左右，结结实实的。服务生一个人怎么也搬不动，不得不招呼另一个服务生帮忙，两个人费了好大的劲儿才将箱子搬到客人居住的二楼房间。

“欢迎，欢迎！先生，根据您在电话里的吩咐，我特地为您留了一个最安静的房间，而且与其他房间隔有很大距离。希望您能喜欢。”宾馆主人脸上堆满笑容，点头哈腰地说。

按照店主的吩咐上到二楼，房间在二楼走廊的尽头，也就是宾馆建筑的拐角上。

客厅兼卧室有二十平方米，厕所兼化妆室有五平方米，遗憾的是，没有浴室。总体上，这房间给人古色古香、比较稳重的感觉。

绅士一屁股坐到椅子上，摘下礼帽扔到床上，脑袋上的绿色头发显得比较凌乱。椭圆形的脸上，右脸颊有一条伤疤。

“我把这么多书带来，打算在这里查阅。家里来客太多，无法进行这样细致的工作。”绅士一边在店主递上的旅客登记簿上填写信息一边解释，并一下预付了五天的租金。

“喂，这宾馆里除我以外还有其他日本客人吗？”

“没有，就您一个日本客人。其实，我们这家宾馆是专门接待外国客人的。现在，除您之外，住着缅甸、中国和英国的客人。”

“原来是这么回事。喂，我隔壁房间居住的是哪国的客人？”

“是空房间，暂时没人居住。”

柳田随手敲了一下与隔壁房间相接的墙壁，非常厚实。砖墙外抹有水泥层，表面贴着墙纸。

“隔壁房间即便有客人，也听不见这房间里的说话声吧？”

“是的，这就是我们专门给外国客人提供住宿的港口宾馆的特色。”

“原来如此，这样最适合我在这里查阅资料了。”

“请问您的车怎么办？”

“哦，我马上挂电话让人把车开回去。我是向出租公司租的，还没忘记驾车技术，所以不需要司机。哈哈哈……”

“那我把房门钥匙交给您，如果有吩咐，请用桌上电话通知我们。”

“行，行。如果有人来取车不必通知我，把车直接交给他就行了。此外，今晚就没有其他事了。现在我开始工作，在明天早晨之前不要让任何人进入我的房间。”

店主和服务生离开后，房门内侧传来上保险闩的声音。

第二天早晨八点钟，柳田用电话吩咐服务生将早餐和报纸送到房间。看他预订的早餐量，好像饿得很，居然要两份面包和两份牛奶。

服务生送早餐的时候，柳田早已打开房门等候。

“喂，放在桌上后请快离开！”

服务生按吩咐把托盘里的碟子和杯子放在桌上的同时，眼睛敏捷地扫视了一下房间。

写字桌上堆满了统计表，笔记本呈翻开状态，旁边是钢笔和算盘。除此之外，没有什么特别的。

有一只箱子的皮带被解开了，书多半是从这只箱子里取出来的。

片刻，柳田用桌上的电话通知服务生进房间听候吩咐。不知什么时候，他已经换下身上的绿色装束，换上了黑色西装。

“我要出去一下。刚才我已经打过电话了，过一会儿昨天晚上的那个司机会把车开来的。他一到这里就请通知我，我要把这个箱子送到公司。”他像解释似的说。

少顷，车来了，不是昨晚那辆老式奔驰车，而是最新款式的丰田轿车。

柳田让服务生把其中一个箱子搬到车上，亲自驾车离开了宾馆，把车开到宾馆的司机却步行着返回了出租车公司。

“哎，这个客人好怪，叫一辆有司机的出租车不就得了吗，何必要亲自驾车，不麻烦吗……”

服务生们满腹狐疑，歪着脑袋交头接耳地议论着。

大约过了一个小时，柳田回来了。后排座位上是空的，运走的大箱子好像送到了公司。

当他走进宾馆玄关的时候，三个服务生正在专心致志地阅读报纸。

“你们是在看代代木那里发生的凶杀案吧？”柳田从他们旁边经过时笑着问道。

“是的……”

“咳！简直令人难以置信，凶手居然把尸体藏起来。你们想象一下，凶手会把尸体藏到哪里去？”

“哦……”

“挖土坑埋尸体的手法太古老了，若扔在河里……那也不行，立即会被警方发现。你们大概知道，人死了以后经过几十个小时后会像气球那样鼓起来，体重会变得很轻。”

“尸体腐烂，体内就会出现气体，因而如果扔在河里，即便拴上有相当重量的铁坠子也会浮上来。”

绅士滔滔不绝地说了许多，似乎对这一案件有浓厚的兴趣。

“依我看，凶手是一个充满智慧的男子！那尸体多半没有被警方发现吧？如果用智慧隐匿尸体，隐藏的地方想必非常有趣，哈哈哈……”

他笑着走上楼梯，没有向瞠目结舌的服务生们道别。

“哎，那旅客好像神经不正常！”

“嗯，是不正常。昨天晚上，他独自一人在房间里嘀咕了好长时间！”

“哦，你听见了？”

“是的，深夜两点左右，居住在六号房间的客人不是回来了吗。我去六号房间办完所吩咐的事正要下楼，听见有说话声，但不知是哪个房间传出的，觉得奇怪，于是一个房间一个房间地辨听，发现是从柳田客人的房间传出的。”

“你站着偷听了？”

“我只是悄悄地在房间门口站了一会儿，听见他在自言自语。可听说话的声音和语气，好像房间里还有其他客人。”

“哎，说了一些什么？”

“具体说不上来，模模糊糊的，那语气好像是在责备什么人。”

“说不定柳田客人是作家，在朗读自己写的小说？”

“你瞎扯什么！如果是作家，怎么可能拿着算盘到处跑？又怎么可能要去公司上班？”

“嗯，会不会是说梦话？”

“不可能，绝对不可能是说梦话。咯噔咯噔的声音，不正说明他在房间里踱步吗！”

就在服务生悄悄议论的时候，柳田已经回到自己房间。

他回到房间仍不停地笑，笑了很长时间，随后重重地坐到椅子上，从口袋里掏出两样东西。

好像是纸和钥匙，纸上印有密密麻麻的小字。柳田把这两样东西放入信封，塞入蛙嘴式的小钱包里。

“这样就行了。”他扑哧笑了，随后站起身来。

接着，他开始换衣服，脱下黑色西服恢复原来的绿衣打扮。

# 发　　现

两个晚上过去了。

自那天回来后，绅士没有出过一次门，从早到晚待在房间里，不外出散步，也不洗澡，就连用餐也不去餐厅。一日三餐他都让服务生把饭菜端到房间里，独自一人用餐。他不外出活动但食欲似乎非常强，每餐都让服务生送两份饭菜。

一到晚上，他仍然自言自语，专门侍候他的服务生不免有点儿担心起来。于是，一到晚上就悄悄来到门口偷听。

然而，服务生就是把耳朵贴在门与门框的缝隙上，也听不清楚房间里的人究竟在说什么。嗓音低，节奏快，听上去嗡嗡嗡的。

第四天早晨，柳田到这家宾馆以来第一次去浴室洗澡。

在服务生的指引下来到浴室，他一边在浴室门里面插保险闩，一边不放心地吩咐说："房间已经三天没打扫了，今天我可能要出趟远门。在我回来之前，别翻动我放在房间里的东西！我不在房间里时，也别让任何人进我的房间，当然也包括你。我关照的这些，希望你不折不扣地执行。现在我进浴室洗澡，这段时间也不允许进我房间打扫。听明白我说的意思了吗？"

服务生听后，越发感到不可思议，同时产生一种逆反心理：你越不让我进房间，我越要看个究竟。

当柳田关上浴室门开始洗澡时，服务生在好奇心的驱使下急匆匆地返回柳田的房间。通常，服务生的手上都带有备用钥匙。

他扫视一下周围，确定没有"尾巴"后轻轻打开房门，踮起脚尖进入房间。

"这客人到底在查阅什么资料？"服务生用眼睛望了一下桌面，见放有空白的笔记本，看不出通宵达旦工作过的样子。

放在桌上的，都是些毫无价值的书，还有列车时刻表、全集书的样本和戏剧计划书等。服务生一边观察一边分析，这客人究竟是干什么的？这时，背后传来咯噔咯噔的脚步声。

服务生顿时慌张起来，打算逃走。他无意识地扫视了一下声音传出的方向，那里放有一只箱子，是柳田没有送到公司的那只。咯噔咯噔的声音，就是从那只箱子里传出的。

咦，怎么回事？

服务生直愣愣地注视着箱子。

突然，他差点儿跳起来。瞧！箱子在不停地微微晃动。

服务生屏住呼吸吃惊地望着箱子。

箱子晃动的幅度越来越大，并且左右摇晃起来。

服务生屏住呼吸，朝箱子跟前靠近。

“谁？躲在箱子里的是谁？等一下，我这就开箱！”

他熟练地打开箱带，可没有开箱锁的钥匙。无可奈何，他只得在箱子表面摸来摸去，希望能找到钥匙。

也许是巧合，手无意间碰上了金属卡子，“啪！”箱盖开了。服务生欣喜若狂，什么也不顾了，赶紧掀开箱盖。

相继进入眼帘的，是粗格布、头发、白净的脸和被绳索捆绑的手脚。

女人！一个风姿绰约的女人！嘴里塞有毛巾，手和脚上绑着粗粗的绳索。

此刻，服务生似乎忘了一切。

“怎么回事？柳田客人竟然干这种缺德的事！”

服务生把女子从箱子里抱出，给她松了绑，从她嘴里取出毛巾。

# 照　片

与此同时，警察和小林芳雄正在全力以赴地展开调查。

就在港口宾馆里发现“人箱”的前一天，小林芳雄来到麻布一带某豪华住宅的前面。

这幢别墅与那家宾馆都在麻布一带。

门牌是用毛笔写的，别墅主人叫夏目菊次郎。

“我叫小林芳雄，请向主人传达，我是为世本芳枝的事登门拜访的。”小林芳雄说着递上名片。

寄宿生开门后小心翼翼地问道：“你是警察吗？”

“不，我不是警察，但我参与这起案件的侦查。”

寄宿生转身朝里跑去，不一会儿又回到门口说：“我家主人说，就是请你进来也没什么可说的。昨天他已经一五一十地对警察说了，不想再见任何人。”

“别误会，我不问什么情况，而是有话对你家主人说。凭我的身份可以见你家主人，所以，请再去禀报……还有，我希望你家主人把我当作芳枝小姐的朋友对待。”

小林芳雄极力地向对方解释和说明，终于被对方请入客厅。

夏目菊次郎年近六十岁，脸色发黑，身材瘦削，稀少的头发呈三七分。

“我从警视厅中村警长那里打听到，您是芳枝小姐的伯父。冒昧地打搅您，实在对不起，我带来一件必须让您看的重要物品。”小林芳雄彬彬有礼地寒暄后立即说明来意。

“如果称我是芳枝的伯父确实不错，可最近两三年里我与她之间没任何来往，因此我一点儿也不知道她的情况。”夏目菊次郎婉言拒绝。

他是好几家公司的大股东，总资产有一百亿日元之多，被称为大富豪。

“你和芳枝小姐之间已经断了亲戚关系，这我从中村警长那里听说了。据说，您曾极力反对芳枝小姐与世本君的亲事……”

“是的。芳枝是我弟弟的女儿，身世十分可怜，在她还没长大成人时就失去了双亲。再说，她父母不会做生意，没给她留下一点儿财产，生活很困难。我把她接到家里当自己女儿抚养，可三年前的一天，她竟然不念我的养育之恩，不顾我的反对离家出走了。那以后，我就不用说了。按理她还有一个伯父，是我的胞兄，可她也不认他，太无情无义了。”

他的这番话乍听上去似乎不太合情理，仅这么点儿原因就义断情绝，互不来往？无疑，还有更深层的原因。听了对方说的话，小林芳雄突然有了这种异样的感受。

“可话说回来，她遭到绑架也太可怜了。不管怎么说，我就这么一个侄女，无论如何得设法救她。你刚才说带来一样要给我看的东西，是吧？”

“嗯，是的，这张照片是在世本别墅里捡到的，我想您大概认识上面的人。”

小林芳雄递上豆大的照片。这张照片本来是装在金坠子里的，就是小林芳雄在世本家院子里拾到的那个。

夏目菊次郎从袖子里取出眼镜，小心翼翼地捏着照片。

“这照片好像已经有很长时间了！咦……这、这是我母亲的照片，也就是芳枝的祖母。她怎么会有这张照片？”

果然不出所料，世本芳枝是知情者。但是，她当时为什么要隐瞒这一情况？

“不，不是芳枝小姐拿着的，好像是本案的凶手掉在地上的。”

小林芳雄把捡到装有照片的金坠子的经过简短地叙述了一遍。

“我想您可能也知道这一情况。”

说完，他把金坠子放在手掌上递到夏目菊次郎的跟前，目不转睛地注视着他脸上的表情变化。

果然，夏目菊次郎的脸上清楚地流露出惊慌的神色。

“不，我不知道，也根本想不起来。”

与表情不同，他使劲儿地摇晃着脑袋，但没能掩饰住脸上尴尬的神色。

世本芳枝当时的表情，与夏目菊次郎完全相同！伯父和侄女在共同隐瞒什么秘密。那么，金坠子的主人到底是谁？

看到坠子以后，夏目菊次郎的态度突然发生了变化。接下来，无论小林芳雄问什么，他都回答说不知道。

“我已经没什么可说的了，实在对不起。现在，我手头上还有一些急于处理的事情，失陪了，请回吧！”

“那好，我就不打搅您了，只是有件事情想告诉您，您可以不回答，那就是凶手的服装。其实，我的朋友和世本家的女用人都证实说，凶手身着鲜艳的绿色服装。关于这个情况，您能否提供什么线索？”

“你说的情况我根本不知道，不可能提供线索。对不起，失陪了！”夏目菊次郎摇摇晃晃地站起身来，脸色苍白。

老绅士如此神魂不定，究竟为什么？无疑，他知道谁是真正的凶手！

# 绿　屋

“果然，世本芳枝和夏目菊次郎都知道凶手是谁。莫非，凶手就隐藏在这幢别墅里？”

小林芳雄被迫告辞，沿着夏目别墅从正面转到后门，边走边思索。

忽然，他发现从横巷里驶出一辆自行车，停在夏目别墅的厨房门口，骑车人好像是酒店推销员。

小林芳雄赶紧跑上前喊住他。

“喂，我是警察，想跟你打听一些情况，就是关于这家的情况。”

“好啊，是有关代代木发生的凶杀案吧？据说这家的侄女遭到绑架了！”

“嗯，我是为该案了解一下这家的情况。请问，这家除主人外还有其他什么人吗？”

“如果不包括用人，那就只有主人一个。他夫人早就去世了，有一个儿子但不在这里居住。”

“真的吗？他那儿子今年多大了？”

“嗯……好像二十七八岁。是疯子，主人让他住别处去了。”

“什么，是疯子？神经不正常？”

“嗯，是不正常。据说住这里不太体面，就让他住别处了。”

“那你知道他住的地方吗？”

“不清楚，不过，距离这儿不会太远。具体地点除这家主人外谁也不清楚。”

“原来是这样，太谢谢你了。我刚才打听的情况请不要对主人说。”

小林芳雄和推销员分手后，悄悄埋伏在横巷里监视大门和厨房门口的动静。

少顷，不出小林芳雄所料，从正门出来一个男子，他就是刚才撵小林芳雄回家的夏目菊次郎。

他似乎担心被人看见，一出大门便大步流星地走了。

小林芳雄跟了上去。

秋季的白天很短，此刻已入黄昏，路灯亮了。

夏目菊次郎来到行人稀少的住宅街上，走到道路尽头。那里有一扇小门，两侧是竹篱笆。片刻，他的身影消失在大门里面。

小林芳雄急忙上前一看，门是绿色的，挂有“夏目别墅”的门牌，上面的文字也是绿色。

无疑，是嗜好绿色的疯子住的地方。

小林芳雄不由得害怕起来，隐藏在竹篱笆里监视。不一会儿，夏目菊次郎出来了。

小林芳雄趁他离开悄悄潜入大门。

让他感到吃惊的是，大门里的别墅从瓦到板壁、从门到窗框都是绿色。

走上绿色台阶按响绿色门铃，绿色的门无声地开了，一个身着绿色服装的老奶奶探出脸望着小林芳雄。没想到，老奶奶的头发居然也染成了绿色。

“请问老奶奶，这里是夏目先生的家吗？我是警察。”

小林芳雄还是用与刚才同样的手法，先向对方亮出自己的身份。这一招果真灵，老奶奶顿时连脸也仿佛变成了绿色。

“我家主人外出了。”

“哦，这我知道。我是向你打听情况，请带我去你家主人的卧室。”

老奶奶也许是被警察这名称吓蒙了，提心吊胆地走在头里为小林芳雄带路。整个别墅里没有一点儿声音，似乎什么人也没有。

书房从墙壁到天花板以及地板都是一种颜色——绿色。桌子、椅子和书橱自然不用说，连摆件、墙上的镜框和钟里的时针、分针、秒针都是绿色的。

老奶奶站在书房里，身着绿色服装，一头绿发。看着看着，小林芳雄感觉自己也在变，变得怪里怪气的。

“别紧张，不是什么难回答的问题。可你必须把你知道的情况毫不隐瞒地告诉我。”

“是。”

“这房子的主人叫夏目……什么来着？”

“主人叫夏目太郎。”

“他是从什么时候开始不在家的？”

“嗯……从前天开始不在家的。那天，他说要租一辆出租轿车，然后亲自驾车不知去了哪里，至今还没有回来。”

小林芳雄想，如果是前天，凑巧是凶杀案发生的那天。

“他平时一直是自己驾车外出吗？”

“不，前天，是他第一次驾车。”

“出门前有什么奇怪的举止和言行吗？”

“嗯，有，有。他出门前不知去了哪里一趟，两小时后，也就是晚上才回家的。一到家便急匆匆地打电话给出租车公司，嘀嘀咕咕地不知说了一些什么。

“挂完电话他就在家等出租车，当见到出租车停在大门口时，立即让司机先回公司，自己则慌慌张张地准备出门。

“我沏了茶端给他，他连头也不回。我招呼他进餐厅用餐，不料他竟粗声粗气地叫嚷不吃不吃，之后便不再搭理我，匆匆忙忙驾车走了。那模样怪怪的，一点儿不像我平时见到的主人。”

“你家主人被称为疯子，请问有什么疯癫举止吗？”

“没……没有那种情况，他仅仅是嗜好这样的颜色。”

“那此外还有什么你认为理所当然的情况？”

“有，他有时候比普通人脑袋还要聪明，经常喜欢阅读一些程度很深的书……不过，有时候也有不正常的举止。四五年前，他在银座背后的一条小路上跟不良少年打架，结果脸受了重伤，直到现在，脸上还留着伤疤。”

“你家主人有相册吗？我想要一张照片。”

“你要照片，他经常放在这里……咦，奇怪！肯定是放在这里的，怎么找不到了？我家主人是不会把相册带在身上的，真让人纳闷，那么大的相册怎么不见了……”

老奶奶满脸困惑，在书房里到处寻找，可最终还是没有找着相册。

小林芳雄的视线也跟着不停地移动，可毫无结果。

墙上挂的镜框里都是放大的女人照片，小林芳雄走近一看，都是世本芳枝的。

“你知道这照片上的人是谁吗？”

“知道，她是我家少爷的堂妹，叫芳枝，与我家少爷从小是一对形影不离的兄妹，一起生活过。可芳枝忘恩负义，三年前离家出走了。我家少爷年纪轻轻，痴想着与芳枝结婚，堂兄妹当然是不能结婚的。唉，我家少爷他太痴情了。”

小林芳雄听到这里似乎茅塞顿开，不由得点点头，明白了世本芳枝为何要隐瞒实情以及夏目菊次郎为何对他是那样的态度。

安慰了一直在为主人安危担心的老奶奶后，小林芳雄便告辞离开了。随后，他赶到租车给夏目太郎的那家公司。

事不凑巧，那个将车开到夏目太郎住所的司机不在公司。直到第二天上午九点左右，小林芳雄才摸清楚犯罪嫌疑人藏的地方，于是，他立即将掌握的情况报告了中村警长。

警车随即驶出警视厅，车上坐着中村警长、小林芳雄和其他三个身着便衣的刑事侦查警官。

目标，是麻布的港口宾馆。

# 扑　空

“怎么啦，你怎么被关在箱子里？”

港口宾馆拐角处柳田租住的房间里，偷偷潜入的服务生被意外的发现惊呆了，大声问道。绳索解开了，嘴里的毛巾取出了，可女人没力气说话，精疲力尽地躺在地上。

“请问，你是谁？”服务生一边安慰她，一边战战兢兢地问道。

女人终于仰起脸来，颤抖的嘴唇间传出细细的声音：“快，快喊警察……”

“你果然是遭绑架的？”

“是的，租这房间的人还杀了我的丈夫。”

“什么……难道你是代代木的……”

“是的，我家住代代木，我叫世本芳枝。快，快报警！”

“什么，这……请稍等一下！我马上把店主喊来，有什么不方便吗？”

“嗯，没什么不方便……快……”

服务生飞快跑到门口那里正要开门出去，不料，房门从外朝里被推开了，随即出现了一张男人的脸。不知什么时候，洗完澡的柳田已经站在门口挡住了服务生的去路。

“我猜想你一定会这样做，你刚才脸上奇怪的表情就已经告诉了我！实话告诉你，我根本就没有洗澡。”

绿色绅士的眼睛里射出疯狂的目光，慢慢地走进房间，把手放在背后关上门，插上保险闩。服务生紧张得连叫喊的力气也没了，一步一步地朝后退缩。

“哼，瞧你这可怜相！听好了，不准出声！”他敏捷的动作比说还要快，左手臂呈三角状猛地锁住服务生的脖子，服务生的身体立刻瘫软在地上。

柳田见制服了服务生，把注意力集中到站在房间角落的世本芳枝身上，眼睛里闪烁着贪婪的目光。

这时，宾馆门前刺耳的急刹车声音传入房间。

柳田听到刹车声大吃一惊，赶紧将视线从世本芳枝脸上移开，一个箭步来到窗前，从窗帘缝隙俯视宾馆大门。

“嘻嘻……这些浑蛋警察终于来了。”

他转过脸来，紧盯着世本芳枝嘻嘻笑了。

“头发乱蓬蓬的，右脸颊上有一条伤疤，一身绿色西装，肯定没错？”

“是的，旅客登记簿上写的是柳田一郎……”

“带大件行李了吗？”

“两只大箱子……”

“嗯，完全一致。请允许我们在周围布控，他住哪个房间？”

店主在头里带路，中村警长和小林芳雄紧随店主身后，三位便衣警官则在前后门把守。走过楼梯来到走廊，听见有轻微的笑声。

“是的，是那笑声。”小林芳雄停住脚步对中村警长轻声说道。

中村警长和店主猛然停下脚步。

那笑声让人害怕。并且，让他俩吃惊的不光是声音，柳田的房间面朝走廊，房门旁边是嵌有磨砂玻璃的采光窗。

从正面窗户射入的晨光，不偏不倚地照亮那片磨砂玻璃，上面是那个曾经见到过的影子，乱蓬蓬的头发，下摆开衩的长袍。

三个人站在昏暗的走廊上，不禁打了个寒噤。中村警长定了一下神，悄悄走到门前轻轻敲门。

“对不起，请开门！”中村警长一改往日的说话口气，声音犹如温文尔雅的绅士。

话音刚落，窗上的影子猛地消失了，而后没有了回音。

警长敲门的节奏开始加快，手握在门把手上旋转，可把手纹丝不动。警长立刻打手势招呼店主，在他耳边轻轻说了几句，店主点点头飞也似的朝楼下跑去。

少顷，三个警官都拿着警棍跑来了。按照警长的手势信号，其中一个警官不由分说地将警棍朝旁边的磨砂玻璃敲去。

眨眼间，玻璃碎片随着“啪啪”的响声朝四处飞溅。另一名警官赶紧将手伸向玻璃内侧的保险闩，卸下插销后，大家呼地涌入房间。

进入大家视线的，一个是身穿宾馆制服的服务生，另一个是世本芳枝。他俩蜷缩着躺在地上，大家赶紧扶起他俩，可两个人已经昏迷不醒，看上去不可能立即醒来。

令人遗憾的是，本应是瓮中之鳖的嫌犯不翼而飞了。

警方对房间里的窗户进行了详细检查。窗内侧上了插销，此外没有任何异常情况。不用说，窗玻璃没有破裂的地方。

警方又分头在床下、壁炉里寻找，甚至卷起地毯检查地板，就是没找着可以藏人的地方以及可以出逃的暗道机关。

大家聚集在房间中央，不知所措地你看着我，我看着你。一个大男人居然从保险柜一样的密室里逃之夭夭，真令人疑惑不解。

不一会儿，两个人总算苏醒了，可无论问他们什么，他们都似乎仍然处在昏迷状态，无法回答。

那以后的好几天里，警方在港口宾馆内外布置了许多警戒。与此同时，东京警视厅以及周围县警察局联合布控盘查搜索，到处张贴写有凶手特征的通缉令布告。可凶手不知去了哪里，连影子也没见着。

轰动整个日本的世本静夫被杀一案，一时成了谜案。

# 再　　现

凶手的真实身份核实清楚了，是世本芳枝的堂兄夏目太郎，一个精神异常者。

夏目太郎特别嗜好用绿色服饰从头到脚地装扮自己，仅此而已，其他没有与正常人不同的地方。尤其令人吃惊的是，他的头脑甚至比常人聪明。

世本静夫的尸体，究竟被凶手绿衣人藏匿到哪里去了？

尽管警方展开了拉网式的搜查，可始终没能找着尸体，就连凶手的行踪也是云里雾里，一丝线索也没有发现。

最近一段时期，小林芳雄的名声大振，人气很旺。这是因为他查出凶手的真实身份，还救出了世本芳枝。

新闻媒体记者竞相采访和报道小林芳雄，忙得他分身乏术。

这时，有一个人关注着小林芳雄忙碌的身影。

他是谁？他就是明智小五郎。关于这起案件，小林芳雄曾几次三番向他求教，可他只是笑着说："你从一开始就介入这起案件，不妨尽量独立侦查试试看。"

明智小五郎这么说着，没提出自己的任何想法。

一天，明智小五郎对小林芳雄说了这样的话："你切不可沾沾自喜，尤其不可过高估计自己。凶手作案远未结束，如果过低估计对手，就有可能一叶障目，迷失方向。眼下对你来说，最重要的是揣摩案件的表面与背后。"

不用说，小林芳雄也并不认为案件已经侦破，脑子里装的仍然是凶手的行踪和尸体隐匿地的线索等等。

一天，小林芳雄收到一封来信。

信是世本芳枝寄来的。

小林君：

你好！

好久不见了！时间过得真快，明天恰巧是事件发生整一个月。时光易逝，惊心动魄的经历逐渐从记忆中淡忘了。

我是在渔村给你写信的，这里虽没有大城市的繁华和热闹，可这儿的景色迷人。

借写信之机，我想说明我们搬迁到这里的原因。

我伯父夏目菊次郎十分痛苦，夏目太郎是他唯一的儿子，可现在成了警方通缉的犯罪嫌疑人。虽说我不会忘记丈夫世本静夫被杀害的仇恨，但伯父并不清楚这一情况。现在，我越来越想安慰我那伤心的伯父。

伯父说他要为儿子的罪过做一点儿补偿，对待我比以往要和善得多。由于这原因，如今，我们像亲生父女那样相处得十分友好和睦。但是，社会上仍有人用冷眼看我们。

于是，我们下定决心离开东京。好在伯父在这里拥有小别墅，大约十天前，伯父带着他的秘书和我搬迁到这里居住。

我们得到过你的帮助，十分欢迎你光临寒舍。届时，我们将重重报答你。对于你的光临，伯父一定会喜出望外的。

世本芳枝 敬上

世本芳枝他们居住的地方是海边上的S村，距离伊豆半岛的I温泉不太远。她在来信上还绘制了详细的地图，叮嘱说，如果小林芳雄事先用传真告知具体列车班次，她一定派人去车站迎接。

小林芳雄看完这封信，决定立刻登门拜访世本芳枝。

第二天下午四点，小林芳雄乘坐列车到达I车站。检票口外面站着一个青年，是专程迎接小林芳雄的。他是夏目菊次郎的秘书，叫山崎。世本静夫被杀案发生后，小林芳雄拜访夏目别墅时见过这位秘书。

从I车站到S村大约有两公里路，两个人乘坐出租车前往。

“芳枝小姐还没有勇气出现在小镇上，所以要我代她来车站迎接你，并要我代她向你致歉。”

山崎说这话时语气自然、真切。

他身穿一套非常合身的深褐色衣服，头戴一顶崭新的呢帽，脚上是光亮的皮鞋，打扮得英俊潇洒，像希腊青年。高高的鼻子，浓浓的眉毛，大而有神的眼睛，红润的嘴唇。肩膀很宽，身材非常魁梧。

“夏目先生一定感到痛苦吧？搬到这么偏僻的农村居住，你也一定觉得寂寞吧！”

“不，我没感到寂寞。我会一点儿柔道，可以担任芳枝小姐的保镖。”

“哦，你原来有这打算。假如对手丧心病狂，你必须要有这方面准备。不过，凶手是你家主人的儿子，你也一定觉得很尴尬吧？”

“是的，确实棘手，但我家主人的处境更尴尬。”

车一离开I车站的住宅街，便拐入一条危险的小道，一边是陡峭的山崖，一边是没有护栏的海岸。车行驶了好一会儿，才来到S村。

夏目山庄坐落在稍有坡度的道路一侧，那里也是海岸附近，在国道右转弯的地方。

一听到引擎声，夏目菊次郎与世本芳枝赶紧来到门口迎接。

大约一个月没见面了，夏目菊次郎看上去似乎换了一个人，显得老态龙钟。

也许是强打精神的缘故，世本芳枝的状态比小林芳雄想象的好得多。

第二天下午，小林芳雄接受世本芳枝的邀请，登上后山上的瞭望台。

说是瞭望台，其实是山腰上的一片草地，面积大约七十平方米。站在那里眺望，下面是一望无际的蓝色太平洋。

弯弯曲曲的海岸线，在经过S村的地方变成了海湾。白色的海滨呈半圆形，右侧的海岸端部耸立着两三块长有松树的大岩石。对面有许多小渔船，显得十分凌乱。从这里望去，小得像玩具一样的汽船在航行。

靠近海边的瞭望台端部有简陋的亭子，竖着锈迹斑斑的金属三脚架，上面是一架大型望远镜。

“可以看到精彩的景色！”

“嗯，有个东京人曾打算在这里建造观光游览地，谋求个人在经济上发展，结果没能如愿，遭到失败后不知去哪里隐居了。从此，这座瞭望台以及那里的水族馆就不再有人问津。”

顺着世本芳枝的手指望去，海岸边上果然有座长方形的水族馆建筑。

“在这么冷清的村庄建造水族馆？”

“是的，建造目的是为了招揽I温泉的游客。现在门口被堵住了，里面空空的。”

两个人坐在草地上一边欣赏美不胜收的风景，一边闲聊。

“哎，你说凶手他究竟会藏在哪里？警察到处搜查，竟然一点儿也没有发现他的行踪，真让人难以想象。”

“是的，我也害怕，总觉得那个人不像正常人，非常可怕。凶手好像是复仇，而且还在蠢蠢欲动……”

“你最好别那么想！你们是因为那样的缘故才搬到这里居住的吧？”

“不过，我还是心神不定。就在给你寄出那封信的时候，听说了一件讨厌的事情。”世本芳枝压低嗓门，一脸忧伤的表情。

“这么说，你有担心的事情？”

“嗯，就是那绿颜色，我家的一个女用人从村里一个小孩儿那里听来的。他们一问一答的时候，正巧被我听见，说的是水族馆里的值班房间。不用说，水族馆里最近根本就没见着一个人。可是，村里的孩子去那里玩耍时从窗户朝里看，发现内墙每天都在变化，一点点地变成绿色。到底是谁在干那种事情？我害怕……”

“奇怪！肯定是那些小孩子胡编乱造。”

“嗯，如果真是那样就好了，可是……”

小林芳雄突然想起什么似的站了起来，走到望远镜跟前。

“值班人房间在什么位置？”

“你从这边眺望，能看见一个很小的窗。”

小林芳雄取下望远镜盖子，将望远镜视角移向水族馆，调整焦距。这是一架高倍望远镜，能看得很清楚。值班房间被放得很大，墙上有裂缝，窗玻璃也坏了，就连玻璃表面爬行的虫子也看得很清楚……但是，最想看清楚的值班房间里面，却暗得看不清，好像是绿颜色的缘故……

“让我看一下……”

“好，你看吧！”

小林芳雄刚要离开，猛地好像发现了什么，又把眼睛凑在望远镜上。

“咦，你怎么啦？你看见什么啦？”

“人，那房间里有人……哎呀，又看不见了，大概是到外面来了……果然不出我所料，水族馆的门口没有被堵死，有人正从内侧将门朝外推开。哎，有人出来了！”

小林芳雄说到这里，忽然闭上嘴巴不再往下说，眼睛死死地盯住望远镜，一脸认真的表情。那表情与其说是认真，不如说是恐惧。

“什么样的人？”世本芳枝问。

小林芳雄没有回答。

“哎，能不能让我看一下？”

小林芳雄的身体被世本芳枝摇晃着，才忽地回过神来。

“不行，不行，还是回去吧！不能让伯父为你过多担心……”

终于把眼睛移开望远镜的小林芳雄，脸上表情与刚才完全不一样。

“什么情况也没有！好了，回去吧！”小林芳雄催促世本芳枝。

他究竟看到了什么？

一个身穿绿衣的绅士。绿衣绅士打开水族馆的门，整个身影暴露在望远镜的视线范围里。

绿裤子，绿上衣，绿领带。千真万确，就是那个怪绅士。奇怪的绿装沐浴在阳光下，似乎像飘浮在空中。

绿衣人离开门口时朝瞭望台望了一下，随即消失在水族馆建筑背后。

但是，也就是这一刻，小林芳雄看清了他那张脸。

头发蓬乱，右脸颊上的伤疤像蚯蚓在爬。

啊，就是他，嗜好绿色的魔鬼！

# 树　　林

小林芳雄回到夏目山庄后扔下世本芳枝，独自一人朝水族馆走去。

不用说，他没有把在望远镜里看到的情况告诉世本芳枝，更没有告诉夏目菊次郎和其他人。因为，小林芳雄还不能相信望远镜里的事实。

“望远镜好像被人做了手脚，故意制成那种镜头。重叠在一起的镜片里似乎夹着什么图片？还是因为几乎每天都在思考要捉拿绿衣人，眼睛里甚至出现那样的幻觉？”

是的，必须弄清楚！

从夏目别墅到水族馆的距离有三百米左右，附近没有农家，水族馆周围是海边的广阔沙地。水族馆位于S村南边稍稍远一点儿的地方，非常冷清。

水族馆建筑周围是板壁围墙，因此，不登高眺望，无法看见水族馆的窗户什么的。站在村里的农家门口或者路上，眼睛只能看见挡住视线的围墙。

正门口有水族馆售票亭和被栅栏围着的检票口，可栅栏东倒西歪，油漆脱落，十分凄凉。

小林芳雄越过东倒西歪的栅栏，脚踩在发出响声的沙地上，向门口靠近。他来到门口停住脚步，竖起耳朵听了一会儿。

可是，里面好像没有人。他又走到刚才望远镜里看见的窗边朝里窥视，是七八平方米的地板房，里面也没有人。当他朝房间里瞥了一眼时，顿时愣住了。

啊，不是幻觉！房间里从天花板到地面都是用绿色油漆涂刷的，刷得深一块浅一块的，像淘气孩子的恶作剧。

看来，绿衣人不会是假的。莫非他藏在水族馆里的某个地方，正目不转睛地注视着小林芳雄的举动？

小林芳雄环视周围，打开破门，朝水族馆里走去。

这是座长方形建筑，中央是游客参观通道，两侧排列着许多玻璃水槽。房间就一个，用于值班的。

周围是水族馆特有的昏暗世界，来到这里简直像来到海底。玻璃水槽里装有八成满的水，底部躺着各种死去的鱼。由于不再供应食物，贵族鱼们不得不在水里相互残杀，最后全部走向死亡。

玻璃水槽里，有条依靠吞食弱者生存的强者之鱼，在这污浊的水里生活着，像魔鬼般游来游去。

小林芳雄看着水族馆如此凄惨的情景，又想到水槽里曾经发生过鱼群自相残杀的血腥场面不禁吓得浑身打战。

他尽最大可能不再朝左右的玻璃水槽看，急匆匆地沿着中央通道转了一个弯，来到另一端出口。这里没法藏人，门锁也坏了。小林芳雄推了一下，门发出讨厌的声音。

来到外面，沿着建筑物在阳光下的沙地上转了一圈，还是没发现任何人。他下定决心来到值班室里，检查了壁橱内部。角落里放有油漆罐和刷子，除了这些，没有什么特别的情况，更没有人睡过的迹象。小林芳雄感到无奈，离开了水族馆。

“就这样两手空空地回去，太不甘心了，独自一人又不能在村庄里到处搜索，还是埋伏在水族馆里守株待兔吧！如果这样做，对手也许会远离水族馆。对，对，有好办法了，依靠望远镜！眼睛凑在望远镜上眺望，可以看见村里每个角落的情况。”

小林芳雄为自己想到了这么一个好主意而欣喜若狂。从水族馆径直朝前走，要不了五分钟就可到达瞭望台。小林芳雄加快脚步朝瞭望台走去。

不知不觉暮色已经降临，远处的地平线上，飘着一片酷似龙形的彩云。彩云映在海中，使海面闪耀出难以形容的美丽颜色。小林芳雄跑到望远镜跟前，把眼睛凑在上面。

“咦，刚才的视角怎么变了？一定有人在这里使用过望远镜。”

刚才，望远镜视角是朝着水族馆方向的，可不知什么时候被改变了方向，朝着右侧的山脚。可以看见山脚那里纵横交错的树林。常青树枝叶茂密，相互重叠。因为黄昏光线暗的缘故，树叶似有似无地浮现在空中，给人一种深山老林的感觉。

小林芳雄正要改变望远镜视角，却猛地停住手。树林里好像有东西蠕动。树林里，出现了绿色生物。

啊，是人，是一个身着绿装的人！

小林芳雄屏住呼吸。机会来了！望远镜视角一改变，绿衣人凑巧出现在视野里。

绿衣人腋下夹着一个大物体。

那是什么？

一个白色物体清楚地出现在视线里。

是脸！是女人的脸！光线暗淡，看得不是很清楚，但绿衣人的腋下确实夹着一个女人。

“她是谁？对，不是明摆着的吗，凶手的目标不就是芳枝小姐吗？”

小林芳雄的左眼珠子几乎快要陷入望远镜的窥视孔里，全身一动不动，耷拉着脑袋。

他猛地离开望远镜打算追上绿衣人。尽管望远镜里看到的绿衣人很近，可一旦离开望远镜用肉眼看那里，根本就看不清楚。显然距离遥远，追上绿衣人根本不可能。无奈之下，眼睛又凑到望远镜上。

绿衣人迈着大步走得很快，小林芳雄不停地转动望远镜，总算把目标纳入望远镜的视线里。

绿衣人担心被人看见，在山脚的树林里穿行。一身绿衣与绿叶融为一体，完全起到了保护自己的作用。

没隔多久，绿衣人来到水族馆南边的山脚，在大草地中间穿过，从背后走进水族馆的板壁围墙里，动作十分敏捷。

突然，绿衣人撒开两腿开始在白色的沙地上奔跑，转眼间，消失在水族馆里。

小林芳雄将望远镜视角对准刚才去过的那扇窗，望远镜还真听话，准确地朝向那里。少顷，窗里出现了晃动的人影。幸亏刚才去那里搜查时开了窗，现在也还是原样。

绿衣人让世本芳枝躺在地板上，在她旁边站了一会儿，那模样像在打量世本芳枝。又过了一会儿，他蹲下来看着世本芳枝。

猛然间，世本芳枝的身体动了，晃晃悠悠地支起上身，好像苏醒了，抬起头仰望绿衣人。趁这工夫，绿衣人猛地将双手插入世本芳枝的腋下抱起她来。她拼命挣扎，还是被迫站了起来，身体占据了整个窗子。

两只绿色的手从左右腋下伸出，再朝上锁住世本芳枝的左右肩膀。世本芳枝挣扎着，企图挣脱，五官歪斜，表情十分痛苦。她的嘴张得很大，好像在喊救命。

# 人　鱼

此刻的小林芳雄，再也忍耐不住了。

他突然狂奔出瞭望台，发疯般地沿着下坡道朝山脚飞跑。

途中，有好几次被树根绊倒摔在地上，他全然不顾，一阵风似的跑回了夏目别墅，凑巧跟正在打扫院子的女用人碰上。

“芳枝小姐呢？芳枝小姐在家吗？”

“你是问小姐吗？我想她应该在家里……”

小林芳雄没听完女用人说的话，便三步并作两步地闯入玄关。

“芳枝小姐！芳枝小姐！”

他还是半信半疑，总怀疑自己脑子里产生了错觉。

“小林君，发生什么事了？”

听到叫嚷声，夏目菊次郎赶紧从房间朝玄关走来。

“芳枝小姐在哪个房间？”

“应该在她自己的房间……”

“是真的吗？请跟我去看一下。”

“芳枝，快出来！”

夏目菊次郎还没有弄明白是怎么回事，跟着小林芳雄跑到世本芳枝卧室门口大声喊道。

可是，没有回音。

“奇怪！刚才还一直在房间里呢，可是……”

他推门进入房间，只一会儿又出来了，脸色苍白。

“没有人，房间里空荡荡的。”

“果然如此！情况我等一会儿说，山崎君在哪里？”

“山崎！山崎！”夏目菊次郎知道出事了，而且非同小可，便慌慌张张地大声喊秘书。

“山崎君，主人在喊你呢！”别墅背后的院子里，传来女用人的喊叫声，于是，秘书山崎在玄关那里出现了。

“你去哪里了？芳枝呢？”

“不知道呀，小姐她应该在自己的房间里吧！我出门时看见她在自己的卧室里，我只是外出走走散了一会儿步。”

小林芳雄听完山崎的回答猛地抓住他的手，使劲儿朝外拽。

“怎么啦？出什么事啦？”

“刚才我在瞭望台用望远镜眺望了一下，不料竟发现了一件惊人的事。真没想到这里出现了绿衣人，芳枝小姐就是被他带走的。”

“你什么时候发现的，是不是已经有很长时间了？”

“嗯，也许还来得及。走，立即去水族馆看一下。”

小林芳雄没有立即报警，因为村上的派出所距离这里有相当长一段路，打电话又不方便，只好选择先赶往现场。

两个人没有声张，一路拼命地奔跑，宛如神经错乱者。从夏目别墅到水族馆的距离，比到瞭望台那里要近得多。没过多久，两个人已经到达水族馆。为了不让绿衣人发现，他俩借助水族馆里的黑暗猫着腰、踮起脚靠近窗口，屏住呼吸悄悄地朝里张望。

房间里没有一丝动静，可刚才发生的情况绝不可能是幻觉。要说证据，房间的地板上有世本芳枝的上衣。房间对面与走廊连接的玻璃窗呈敞开状态，看来，绿衣人一定是强行将世本芳枝从那里带走了。

就在这时候，玻璃窗外面光线暗淡的地方似乎有什么东西在蠕动。小林芳雄与山崎瞪大眼睛从窗口朝那里扫视，尽量不探出脸。

突然间，那里出现一个人影。

是那家伙！一身绿色西装，头发乱蓬蓬的，但是没有世本芳枝的身影。在他俩打算看清那张脸时，那家伙在水族馆方向消失了。

他俩对视了一下。

“我俩如果从一个方向追赶，也许抓不住他，还是从两个方向追上去！我从这里追，你绕到他前面。”

小林芳雄朝山崎打手势。

水族馆建筑形状像一把细长的钥匙，出入口设在两端。如果从两端追赶，对方无疑处在被前后夹击的境地。

山崎一声没吭，按照小林芳雄的意思出发了。

小林芳雄也沿着建筑拐角转了一个弯，用力推开出入口那扇大门，飞也似的朝光线暗淡的水族馆跑去。

从中央走廊一直到尽头，是一条笔直的通道。两侧混浊的玻璃水槽，宛如深海的海底，弥漫着一种可怕又阴森的气氛。

小林芳雄定睛一看，距离他五六米的水槽下面龟缩着一个黑黑的东西，那东西似乎也在看着他。

小林芳雄颤抖了一下，双眼紧盯着那里。

由于光线太暗，无法看清对方的模样。也许是心理作用，感觉对方射出酷似动物的目光，不仅目不转睛地盯着小林芳雄，而且看架势似乎要朝他猛扑。

就在小林芳雄一边注视一边思索的时候，黑家伙出乎意料地忽然站起来猛地奔跑起来。

小林芳雄见状没有细想，奋不顾身地追上去。

两侧鳞次栉比的玻璃水槽，如同列车窗户被一个接一个地甩在身后。

两个人的脚步声在空荡荡的水族馆里引起阵阵回声。

小林芳雄曾经是田径运动员，赛跑是他的强项。渐渐的，两个人之间的距离越来越近。

眼看手伸上去就可以触到绿衣人了。

啊，还差几厘米！不料，就在这时候，视线却朝下剧烈移动，紧接着，整个身体摔倒在地。

被绊倒了！膝盖和肘部差不多同时与地面碰撞，他想赶紧爬起来却怎么也使不出劲儿。

凶手利用这一时机越跑越快，与小林芳雄的距离又拉开了，只见他跑到走廊尽头转过弯后消失了。

但是，小林芳雄倒没有特别焦急，因为那里有堵住凶手逃路的山崎。眼下，山崎也许已经和凶手“交上火”了。

“喂，山崎君，凶手朝你那里跑了，快抓住他！”小林芳雄尽管摔倒后没来得及爬起，却放开嗓门大声叫嚷。

“哎……”传来了山崎的回答。

小林芳雄忍住疼痛费了好大劲儿终于从地上爬起，跌跌撞撞地追上去。

他一转过弯，迎面碰上一个黑色人影挡住去路。小林芳雄摆开迎战架势，对方一个箭步朝小林芳雄扑来。暗淡的光线里，两个庞大的身影扭成一团。

“住手！你不是山崎君吗？”小林芳雄突然察觉到了，大声喊道。

“哦，什么？你是小林君吗？”对方大吃一惊，赶紧松手。果然是山崎。

“发生误会了。估计那家伙早就在这里转弯了，也许已经逃走了。”

“那怎么可能！刚才与你撞上之前，我一路上谁也没有见着。一个大男人怎么可能在一瞬间逃出我的视线？我刚才不知被什么东西绊倒了，才大声喊你。那时，凶手就在这里转弯朝你那儿跑的！你当时在哪个位置？”

“哪个位置？最多距离这里十米左右吧。听到你的叫喊声，我立刻停下脚步埋伏在那里，想等他过来时抓住他。可我等了好一会儿不见有人来，于是，不得不朝这里走来。”

小林芳雄赶紧跑到山崎埋伏过的地方，站在那里透过光线暗淡的走廊朝这边拐角眺望。虽然光线暗些，但两边角落和拐角完全能一目了然，转弯朝这里走来的人如想避开埋伏者的视线是根本不可能的。

看来，这段走廊上可能有什么岔道?

两个人小心翼翼地搜索起来。

可是，两侧都是嵌有厚玻璃的混凝土水槽，根本没有空隙，即便老鼠也不可能从那里逃走。再说不管哪个水槽里都装满了水，地面也是混凝土，与混凝土墙面连成一体，就连天花板也是混凝土的。

整个通道宛如混凝土浇筑的隧道。

他俩互相望了一眼。

在这里，居然出现了魔术般的变幻，那家伙像烟雾似的消失了。

两个人离开水族馆在沙地上搜索，又来到围墙外面沐浴着夕阳的野地里寻找，可连人影也没有见着。

“奇怪！还有，我和你之间也许是谁产生了错觉？”

“我可没有产生错觉，我追赶的确实是那家伙。当时，眼看手就能碰到对方的赭色头发了。”

他俩相互刺探对方，又对视了一眼。

“那情况等一下再说。小姐到底怎么了？你追的那个家伙，确实绑架芳枝小姐了吗？”

“没有，那家伙是一个人，嗯，确实是那样的。再搜一遍，芳枝小姐也许被关押在什么地方！”

两个人说着又转身返回到水族馆门口，小心翼翼地穿过门口朝纵深处走去。

“咦，好像有声音！”

他俩停下脚步竖耳倾听，果然有声音，好像有人在敲打墙壁。

“从哪里传出的？”

他俩朝着声音传出的方向走去，转过弯后察觉到声音是从小林芳雄最初闯入的门口附近传来的。

“啊！”

山崎突然大叫起来。小林芳雄连忙转过脸来，发现山崎全身僵直地站在那里，僵硬的手指着玻璃水槽方向。

顺着手指的方向朝那里望去，小林芳雄也禁不住“啊”地叫了一声。

玻璃水槽里有一条白色的鱼在游动，形状酷似一个人。水槽里的水在往外流淌。由于白色的人鱼在水槽里晃动，原来就已经混浊的水卷起了水槽底部的沙土。

顿时，水槽里似乎出现了不停上升的白色沙雾，水越发混浊起来。生长在底部的海藻，仿佛巨人的头发相互缠在一起在水里飘荡。世本芳枝在这充满恐怖的水槽里，像疯子那样手舞足蹈。

刚才由于发现怪人而拼命追赶，以致没有认真观察玻璃水槽。现在想来，当时那家伙肯定蹲下躲在这里注视水槽里的水和人。而这时，凑巧小林芳雄推门闯入，于是在那一瞬间，凶手转身摆开了架势。

“快，赶紧把她救出来！”

小林芳雄抓住山崎的手腕，猛地朝外面跑去。

水槽背后的墙壁那里有锈迹斑斑的铁梯。

“就是它！沿着它爬上去，肯定可以到达水槽顶端！”

两个人争先恐后地沿着铁梯朝上爬去。

# 赴　约

水槽里的水如果再深一点儿，世本芳枝就有可能溺水而死。好在站直了身体后，她可以勉强把脸露出水面。经过一番努力，险些窒息的世本芳枝最终被他俩从水槽里救了出来。

回到夏目山庄的世本芳枝，由于过度疲劳和惊吓昏倒在地不省人事。

可是，绿衣人凶手夏目太郎还是下落不明。不过，他多半隐藏在附近的山里。

小林芳雄对凶手的神秘消失百思不得其解。这个家伙在水族馆里瞬间消失得无影无踪，实在不合情理。

在港口宾馆里，他曾目睹绿衣人眨眼工夫逃之夭夭，莫非绿衣凶手掌握了一套无人知晓的魔术？

凶手的父亲夏目菊次郎因儿子作案，心里感到痛苦和烦恼，提出向警方报案，要求尽快抓住凶手——自己的亲生儿子夏目太郎。

第二天，S村到处是一片紧张气氛。I町警察署、县警察局和当地法院派来许多警察，分乘数十辆警车赶到现场。空气中弥漫着沙尘，夹杂着引擎声和刺耳的警笛声。

片刻，为了搜山，当地警署又派来载有几十名警察的大型警车。大型警车到达没多久，报社、电视台、电台和杂志社的新闻采访车也蜂拥而至。

村里的年轻人也全部组织起来共同参加搜索。旅馆啦，农家啦，到处是人，整个村庄如同炸开了锅，人声鼎沸。

三天过去了，尽管搜山也重复了多遍，可结果还是竹篮打水一场空。有人报案说遇见过绿衣人。还有樵夫说，酷似凶手的绿衣人曾在竹林里出现过，奔跑的速度赛过兔子。类似这样捕风捉影的信息每天都很多，可还是找不着有关凶手的线索。

有消息说，凶手翻越大山逃到对面城里去了。对面城里也贴有警方捉拿凶手的通缉令，那里的警方说还没有得到关于凶手的新情况。由此可见，凶手多半还在这一带山里与警方捉迷藏。

第四天，搜山的警察们几乎都回到警署，只剩下数名便衣刑警在村里各要道布控。

这天下午，小林芳雄吃罢午饭出门散步。刚走出大门几步，只见一个中年渔民似乎有要事朝夏目别墅走来。男子尖尖的下巴，古铜的肤色，表情和走路模样十分可疑。小林芳雄赶紧返回。

男子鬼鬼祟祟地朝四周张望，接着抬起头望了一眼门柱上的姓名牌。

“喂，你有什么事吗？”小林芳雄走到那人跟前问道。

面对小林芳雄的突然出现，男子吃了一惊，支支吾吾地回答说：“哦……我……想见一下这家主人。”

“想见夏目先生？你是谁？”

“我叫丸井定吉，有一个复杂情况想告诉这家主人……”

“你可能清楚，现在这幢别墅里有点儿忙乱，主人不能接待你。如果可以，不妨对我说，我代你向主人转达。”

“那可不行，我必须直接告诉主人……”丸井定吉一口回绝，毫不让步。看来，这里面肯定有原因，眼下也只有让他去见夏目先生了。

小林芳雄转达这一情况，夏目菊次郎听了后变得心神不安起来，踌躇再三还是决定见了再说。小林芳雄感觉不太放心，就与秘书山崎一起隐藏在隔扇背后担任警戒。

没想到，他们的会面没几句话的工夫就结束了。

夏目菊次郎把男子送到门口转身回来，脸色变得苍白。

“看你的脸色好像心事重重的，担心什么呀？”山崎问道。

夏目菊次郎一言不发地呆坐了好一会儿，似乎在思考什么。少顷，他似乎下了决心，对他俩说：“那家伙……也就是太郎的住所，我已经清楚了。据刚才的渔民说，他今天一大早见过太郎。”

小林芳雄和山崎觉得这一情况非常重要，但都没有说话。

“他住在哪里？”过了好一会儿，小林芳雄才开口问道。

“在南海角外侧的海岸那里，距离这里有两公里左右的路程。那一带的岩石经过浪涛长时间的冲洗，形成好几个洞窟。

“其中有一个洞窟里住着太郎，那个渔民划着小船经过那里时被太郎叫住。太郎说他已连着两个昼夜待在洞窟里，饥寒交迫。

“于是，渔民便把随身携带的盒饭分一半给他，只见他狼吞虎咽地吃完后用铅笔写了一封信，请求渔民亲手交给我，他还在信上吩咐我给渔民五千日元作为报酬。

“虽然渔民估计太郎不是一个好人，但十分同情他，所以没有报警就直接找到我这里。”

夏目菊次郎从袖子里取出那封满是褶皱的信，信是用铅笔写的，字迹潦草，内容如下：

父亲：

您好！

请听一下我最后的请求。我想见您一面，只要看一眼就行了。另外，我有话想直接对您说。因为这对于我非常重要，即便拿我的生命交换也行。现在我不能去您那里。对不起，父亲，请来时务必是一个人。

您来时需要船夫，这我同意，可船上如果有其他人，我是不会出来见您的。请不要通知任何人，并请一定要来。

这个渔民清楚我现在的住所。还有，渔民把信送到时如果发誓不报警，请给他五千日元作为报酬，拜托了！

夏目太郎　敬上

小林芳雄看完这封信后好长时间没有说话，陷入了沉思。

“这信上的字确实是太郎写的吗？”

“看样子字是在石板上写的，字迹潦草。但是，我认为肯定是他写的。”

“……那，你问清楚洞窟的具体位置了吗？”

“我问得很详细，沿着海角转弯，第三个洞窟就是太郎待的地方。”

“打算去那里吗？”

“我现在犹豫不决，想听听你的意见。”

“我想太郎既然这样央求你，那你应该去。不过，我有一个要求，那就是在你见到他的时候请一定说服他，让他主动去警方那里投案自首。”

“那是当然的，我向你保证一定劝说他。请小林君暂时代我保密，真是太谢谢你了！”夏目菊次郎把手放在脸上显得很激动。

“我想提个建议，你们看行不？”山崎探出上身说道。

“我打算既担当夏目先生的警卫又担当他的船夫。要说我的划船水平，那是绝对赛过专业船夫的。”

“那太好了！夏目先生，让他跟着你去好吗？”

“哦，山崎君，那就只好辛苦你陪我跑一趟了！”

夏目菊次郎带着山崎去儿子夏目太郎那里赴约一事，就这样决定了。可这时，小林芳雄突然像感觉到了什么。

“哎，奇怪呀，渔民接受这封信的时候，听你说是清早吧？”

“是的，渔民说是拂晓时分。”

“那个时候，渔民为什么不立即赶来呢？”

“这我问了，他说太郎要他下午来我这里，并一再强调上午不要来。”

“咦，这倒奇怪了！通常像这样的情况，按理说是越快越好是吧？”

小林芳雄不知何故深感不安起来，但转而一想，也许不该乱猜才是。可是，上午不能去夏目别墅这句话，究竟意味着什么？

为什么？为什么？

他反复思索，苦思冥想，最终还是无法找到解开这一秘密的答案。两小时过后，夏目菊次郎与秘书山崎出门了，说尽量赶在黄昏前到达那里。

船是借来的，声称去钓鱼散散心。船上装了各种各样的食品，还有做样子的钓鱼竿。

小林芳雄没去送他俩，在家护理和看守躺在病床上的世本芳枝。他觉得一刻也不能离开她的身边，否则有可能被凶手钻空子而使世本芳枝再次遭到绑架。

窗上的阳光渐渐地消失了，片刻，房间里变得昏暗起来。

当吃罢晚餐开灯时，传来玄关门被推开的声音，望眼欲穿等着的人总算回来了。

小林芳雄跑到那里开门，见门口站着脸色苍白的山崎。

“夏目先生呢？”

“唉，棘手的事情发生了！”

“怎么啦？出什么事啦？”

“哦，可以说是非常奇怪的事。小林君，你能否跟我一起去？”

山崎说的这番话意思很暧昧，简直让人无所适从。

“去哪里？”

“去洞窟，实在是一件棘手的事情。我没有保护好夏目先生，他和儿子太郎不知去了哪里。”

“什么，你说什么？请详细说一遍！”

“我们没花多少时间就找到了夏目太郎待的洞窟，这个洞窟在那一带最大、最显眼。船一靠近那里，太郎便跳上船喊夏目先生。

“我把船靠到洞窟边，他只让夏目先生独自下船，吩咐我把船尽量停在远处等候。主人夏目先生也重复着那样的话命令我，我不得不把船摇到距离洞窟五六十米远的岸边在那里等候。

“由于距离太远，他们父子俩在洞窟里的说话声根本听不见。过了一会儿，突然传来叫嚷声，我侧耳仔细辨听，那是一种难以形容的惨叫声。

“根据判断，声音像是来自洞窟里。我实在忍耐不住了，慌慌张张地摇着船朝那里驶去。

“我把船摇到洞窟边上往里张望，里面是黑乎乎的，好像没有人。于是，我不顾一切大声喊了起来。其实，我也怕，只是不能就那样一走了之，就硬着头皮跳下船朝洞窟里走去。

“糟糕的是我竟忘了拿手电，在口袋里翻了一遍只找到几根火柴。我擦亮火柴照亮洞窟，提高嗓门叫喊，结果，既没有发现人影也没有人回答。

“像迷路一样，主人和他的儿子居然不知去向。我不由想起了水族馆，身上直打哆嗦。如果带着手电就好了……后来我不得不返回船上回来了。”

山崎的这番话让小林芳雄着实感到意外，他脸色骤变，不祥之兆在他脑海中掠过。

“立即出发！除了带手电，最好也带上武器。”

“对！”

两个人立即着手做出门的准备。

# 寻　找

周围已经漆黑一片。

小林芳雄和山崎从熟悉的渔民那里借来船，驶向伸手不见五指的大海。

山崎大汗淋漓，一个劲儿地摇橹。一路上，两个人几乎没有说什么话。时间很快，不知不觉过了二十分钟，又过了一会儿，两个人来到张着黑色大嘴的洞窟前。

“就是这洞窟，它是这一带最大的。”

正方形洞口大约有四平方米，由于退潮，海面比洞窟低了许多。

船停靠在旁边，两个人沿着岩壁爬上洞窟。

从洞口向深处用手电照了一下，没有人。

“夏目先生！夏目先生……”小林芳雄大声喊道。接连喊了好几声，可只听得到来自黑暗的回声。

“这个洞窟很深很深吗？”

“我刚才由于火柴就那么几根，所以没有往里面走。”

两个人打着手电一步一步地向里走，走了大约五六步，两侧岩壁忽然变得狭窄起来，变成一条羊肠小道。

“到洞底了吗？”

“没有，这里有一条裂缝，好像连接着洞底。”

那是颠倒过来的V形洞窟，要穿过那里必须弯腰。

“夏目先生！”小林芳雄又喊了一声。

这时候，传来了奇怪的声音。一个漆黑的影子在手电光束里穿过。

“站住！你这个畜生！”山崎扑了上去。

小林芳雄随即摆开架势。

“哈哈，刚才那家伙是蝙蝠！大概受到手电灯光的惊吓飞走了。请照亮脚底，洞窟里又潮湿又滑。”

山崎走在头里，为了穿过岩壁裂缝不得不弯下腰。也许是被什么东西吓蒙了，他忽然站在那里直发愣。

“哎，你怎么啦？”

“快来看这里！好像有什么可怕的东西！”

两个人的手电立即照亮那里仔细辨别，岩石缝里有红色液体。

“啊，是血！这可不是什么小事，赶快调查洞窟深处的情况！”

“啊！那里也有……瞧，这里也有！”

血一点儿一点儿地朝洞窟深处流淌。

小林芳雄一想到惨不忍睹的尸体随时会出现在自己的眼前，拿着手电的右手不由得抖动起来。

“奇怪！这洞窟怎么像个无底洞，我们是不是迷路了？”

“不会吧，路就一条，没有岔道，不要紧的。”

接着两个人谁也不说话了。由于洞顶降低了许多，不得不趴在地上爬行。

路逐渐变得陡峭起来，连绵不断地朝上延伸。少顷，一股凉风朝脸上扑来。

“啊，总算到达出口了，出口居然在这里。”

山崎嚷道。洞窟终端形同一口井，朝天空张着嘴巴。

洞口周围是人迹罕至的树林。朝大山里逃窜的夏目太郎肯定是发现这一自然暗道后，才逃到海岸的洞窟里。

两个人汗流浃背，终于爬出洞口。环视洞窟周围，这一带地面由于堆满了掉落的树叶，找不到任何脚印。

“夏目先生！”叫喊声随风消失在树林深处。

“我家主人会不会遭到不幸？”山崎在黑暗里轻声说道。

“不管怎么说，仅凭我们两个人是不可能找到他们的。等到明天拂晓借助警方的力量再找吧！”

两个人神情沮丧，再次沿着黑暗而漫长的洞窟往下爬。

那以后四天过去了。尽管大队警察在这一带展开搜查，可别说凶手，就连夏目菊次郎的下落也没有丝毫线索。

第五天清晨，为了出海打鱼，来到海岸的S村渔民在海滩上发现了一样可怕的东西。

“是溺水而死的尸体吧！”

“好像是的。咦，身上穿的怎么是绿色服装？”

“啊！莫非是那个家伙？”

“嗯，也许是的。或许是被追赶得无路可逃而不得不跳海自杀？”

几个渔民提心吊胆地走到边上端详着尸体的脸。

“哇！”渔民突然惊吓得朝四处奔逃。

因为他们看到尸体的脸部已无法辨认，脸上的肉也几乎没有了。这多半是尸体浮在海里时，被鱼嘴啄的。

少顷，海岸上挤满了黑压压的围观人群。当地警察署署长、司法主任、法医以及夏目菊次郎的家人纷纷赶来。村民们站在远处眺望，交头接耳。

从夏目菊次郎家赶来的，除家人世本芳枝外还有山崎秘书和小林芳雄。听说夏目菊次郎下落不明，其胞兄夏目菊太郎老人也赶来了。

这具尸体除脸外，其他部分几乎还保持着原形。可由于几天来的海水浸泡，乍一看，很难辨别死者究竟是谁。根据法医检查，尸体胸部有刀刺伤痕。

“从衣装来看应该判断为夏目太郎，你们说呢？”司法主任环视了一眼夏目家人后征求意见。

“假设是夏目菊次郎杀了儿子夏目太郎，可这样的行为似乎不合逻辑。像夏目先生那样的人要真行了凶，肯定会主动自首。”小林芳雄谈了自己的想法。

“照你这么说……”

“死者肯定不是凶手，凶手多半给别人穿上自己的服装制造假象，企图转移警方的视线。”

“我也是这么想的。我这个弟弟再怎么样，也不可能亲手杀死自己的儿子。退一步说，就算他误杀了自己的儿子，也不可能逃之夭夭，销声匿迹。”夏目菊太郎斩钉截铁地为弟弟夏目菊次郎辩护。

老人夏目菊太郎住在纪伊半岛南端的K町，是从事细菌类研究的著名学者。

“按你的观点，尸体是夏目菊次郎，凶手是夏目太郎喽！但即便六亲不认，他也不可能杀害自己的亲生父亲，再说他特意邀请父亲来洞窟，毫无理由杀害他。”

“这我也不清楚。事实上，这起案件里有很多不可思议的地方。侄子夏目太郎的为人我知道的不多，可不管他是何种程度的精神病患者，那些行为确实让人难以理解。

“我是搞科学的，不相信魔法之类的东西。虽然社会上流传说擅长魔法的凶手时常像烟雾那样消失，但我觉得出现这种情况，多半是警方和搜索方被什么假象迷惑了，或是由于草率的结论而导致。

“要侦破本案，我认为应该委托具有相当侦查经验和智慧的大侦探，否则，极有可能被什么魔法之类的结论和借口混淆视听，最终不了了之。”

老人不愧是一流科学家，已经敏锐地感觉到凶杀案背后有罪恶阴谋。

这时，因聆听而寂静的围观人群里突然乱了起来。

只见一个男子冲出人群跑到署长身边，把嘴伏在他的耳边窃窃私语。

听完耳语的署长，表情猛地变了。

“我报告大家一个好消息，警署来电话说发现了世本静夫的尸体。”

“什么？世本静夫……在哪里找到的？”小林芳雄大声问道。

“在一个非常意外的地方！听说是在丸内那里的大同银行。大同银行就在警视厅的眼皮底下，尸体竟被藏在那里。”

署长的这番话让大家吃惊不小。

# 液　　体

“哎，奇怪！108号金库是用于存放药品的。瞧，好像有某种液体正在从门缝朝外流淌。”

在S村海岸发现尸体的前一天，发生了这一奇怪现象。

丸内的大同银行结束营业后，保安人员开始巡逻检查。

地下室里，设有日本第一大金库。金库主任随两名保安人员推开圆形大铁门，里面就是金库。

铁门内侧附近，是出租给客户存放一般物品的金库。通道两侧排列着犹如澡堂更衣橱似的柜子，这就是金库里的保险柜。上面有许多大小不一正方形的小铁门，个个都是铁将军把门。

金库主任一个一个地仔细打量这些出租的保险柜，放慢脚步朝前走着。然而，当他来到写有108号的保险柜跟前时，猛地停住脚步。

“这不可能！昨天也没有出现这种情况。”

金库主任的手指蘸了一下半透明的液体放在鼻子上嗅了一下。

“喂，你也闻一下！怎么样，这味道怎么这么刺鼻？”

两个保安人员使劲儿嗅着，其中一个保安人员的脸色大变，大叫大嚷。

“啊，这是尸体的味道！我不会弄错，这保险柜里有尸体！”

出租的保险柜，按理说不可能存放尸体，但既然有这样的液体流出，应该核实后下结论才是。

主任找来几个见证人，随后打开108号保险柜。铁门刚一打开，刺鼻的恶臭便扑鼻而来。保险柜里，放有一只显眼的大箱子。

“108号的租用人是谁？快打电话告诉他！”

主任命令保管员。于是，保管员立即沿楼梯向上跑去。片刻后，他带着奇怪的表情返回来。

“租用人叫岩濑幸吉！”

“噢，是麻布一带最大的土地拥有人岩濑幸吉吗？”

“是的，接到我的电话后，他说没有租用过我们银行的金库。”

“奇怪！他是什么时候租用的？”

“上个月初，租用合同期是一年时间。”

“那没有什么可说的了，只有请警方介入了！”

警视厅一听说箱子里装有尸体，立刻意识到事情的严重性，马上派中村警长带着几名警察火速赶往大同银行。

中村警长一进入金库，便让指纹技术警官提取箱锁周围的指纹。

三名保安员齐心协力将箱子搬到地上，随后砸开上面的锁，背朝着箱子打开箱盖，害怕看到惨不忍睹的尸体。

不出所料，箱子里是一具尸体，被黑色睡衣裹得紧紧的。这具尸体的模样与生前的世本静夫已判若两人，面目全非。

“你们为什么一直没有察觉？新闻媒体不是在竞相报道吗？就说租用那天，不就是凶杀案发生后的第二天吗！像这样的大箱子，你们为什么一点儿也不怀疑？”

中村警长大发雷霆，盘问金库主任。

金库主任一时语塞，无言以对，转过脸来朝着另一个职员说：“这只箱子存放进保险柜时，你是见证人吧？你给我解释清楚！”

“我的确看过电视和报纸，知道那则新闻。不光凶手的名字，就连他脸上疤痕的位置也十分清楚。

“可提着这只箱子来金库存放的是另外一个人，穿黑衣服，头发三七开，梳得油光光的。脸上没有伤疤，嘴上留着一撮胡子，与凶手的长相截然不同，是一个很有气质的绅士。像这样大箱子的存放保管业务我们每个月都有两三次，再说像岩濑幸吉这样的大富翁又是我们银行的老主顾，不可能瞎猜疑他吧？”保管员这种说法，也不无道理。

那么，送箱子到金库存放的究竟是谁？凶手不是独狼，也许有同党？

# 消　　失

S村海岸发现的溺水尸体立刻被警方解剖了，结果表明与事先推断的相同，是一个六十岁左右的老人。

夏目菊次郎惨遭杀害，夏目太郎下落不明。如果抓住他，无疑会处以死刑。即便暂时抓不住他，他也不敢露面。也就是说，夏目菊次郎家族就此结束了。至于他的财产继承和后事料理，由于找不到夏目太郎，临时的法定继承人自然成了其胞兄夏目菊太郎。

夏目菊次郎持有超过一亿日元的财产，都是不动产，暂由其胞兄继承。

现在，世本芳枝又变成孤独一人，跟着也是单独一人且没有家庭的夏目菊太郎一起生活。夏目菊次郎的后事处理完毕，夏目菊太郎带着世本芳枝回到纪伊半岛的K町。

然而，凶手绿衣人夏目太郎的下落还是没有线索，世本芳枝仍有遭到绑架的危险，必须严加防范。由于绿衣人随时可能出现，夏目菊太郎决定让夏目菊次郎生前的秘书山崎担任保镖同行。

夏目菊太郎居住的K城住宅，酷似庄严神秘的古城堡，是用红砖建造的。

“嗬，太漂亮了！犹如中世纪欧洲小说里的建筑！”这座古城堡建造在高地上，世本芳枝一边沿着上坡道向高地走，一边赞叹。

“我虽说独自一人在这里生活，可与死去的弟弟夏目菊次郎都是一样的大富豪。这芳枝小姐也一定听说过了吧！

“我的父亲，也就是你的爷爷，在东京是屈指可数的大富豪。父亲死后，我没有独占遗产，而是把它分成三份，兄弟三个每人一份。

“可你的父亲夏目菊三郎挥金如土，用完了分配给他的那份遗产后还借了许多债，之后去世了。夏目菊次郎把得到的那份遗产作为资本经商，增加了许多财产。

“我不经商，一心一意地扑在研究上。我是单身汉，光利息也用不完，而且本金也不断增值。不知不觉的，我和菊次郎一样成了大富豪。

“现在，我又不得不代管菊次郎的遗产。我和他的财产合起来成了天文数字，对于我这个学者来说，这不算幸事，反倒是一种累赘。”

夏目菊太郎老人说完，苦涩地笑了。

对于世本芳枝来说，这里的生活太令她满意了。四周景色优美，经济上也没有任何可以担心的。

主人夏目菊太郎是自己的大伯父，性情温和，花钱大方。家里的男女用人是一对夫妻，也是当地人，为人非常正直。

绿衣人从那以后也没有再出现过，长达半年的时间里，世本芳枝在这座城堡般的绿色山林里愉快地生活着。

她每天必做的一件事，是围绕别墅高地散步。穿过松林，是一望无际的蓝色大海，海边是蜿蜒起伏的绿色山脉。世本芳枝每每散步时，身边必定跟着保镖山崎。

山崎自来到这里后，这段时间非常关心主人的菌类研究，不知不觉成了夏目菊太郎老人聊天的对象。

他那英俊的模样，博得了老人的欢心。老人说，如果有朝一日芳枝不需要保镖了，也不让山崎离开，希望他留在自己身边担任长期助手。

就在他们来到这里生活了半年后的某个晚上，世本芳枝和山崎一起到夏目菊太郎老人的书房。

“先生，我们有话要对您说……现在说会不会妨碍您呢？”

老人将眼睛从书本移开抬起头说：“没关系……有什么话就说吧！”

“嗯，我有一个很难说出口的心愿……”

山崎的表情与平时完全两样，似乎有什么话让他难以启齿。

“说说看！”

“这种场合说这样的心愿，也许会遭到您的训斥。但作为我来说，还是希望确立我在这个家里的身份……先生是芳枝小姐的长辈，因此，我觉得必须得到您的许可。”

“哦，知道了，我知道了！是关于你们俩的婚事吧？”

“是的，但不是马上结婚，是希望先得到先生的批准。”

“芳枝，你也是这样想的吗？”

世本芳枝一直望着地下，用频频点头的方式回答老人的提问。

“我非常清楚你们的心情。虽然，我不可能在世本静夫葬礼举行后不到半年就决定你俩结婚的大事，可我也并没有不同意的理由。不过，这是终身大事，希望你俩慎重考虑。”

“谢谢先生！我一直以为提出这一问题没准会挨您的骂。”山崎感激万分，话语里带着激动的颤音。

世本芳枝虽然什么也没说，但脸上流露出喜悦的表情。

这时，室内猛地变暗了。

“是停电，这山上一刮风电线就断。”老人镇定自若地解释道。

然而，停电的好像仅仅是这幢住宅。院子里的灯光没有熄灭，光线隔着窗洒落在书房地上。

磨砂玻璃窗的表面，浮现出朦朦胧胧的影子。

“伯父，那家伙，那家伙！”黑暗里，传来世本芳枝的惊叫声。

接着，不知从哪里传来令人毛骨悚然的笑声。

山崎毫不犹豫，猛地朝窗前跑去。

“谁？”

叫喊声震动着玻璃窗，几乎与此同时，窗子“啪”地开了。可是，绿衣人再次像变魔术那样，刹那间消失了。窗外只有模糊的路灯灯光，没有人。

“站住！”

山崎朝那个看不见的对手大声吼道，猛地翻窗跳到院子里。

夏目菊太郎老人慌慌张张地按了一下电铃，呼唤男用人佐助进房间支援，自己朝窗前跑去。

“山崎君，小心！不要莽撞！”

这时，从院子树林里传来山崎诧异的声音：“咦，奇怪！怎么找不着他？不可能这么快就消失了，可……”

这时，老人背后传来奇怪的声音。

是两个人扭打的声音。

“啊，伯父！”

刹那间传来惨叫声，突然又停止了，好像是嘴巴被捂住发不出声音……

“芳枝，怎么啦？”

老人转过脸伸出手在黑暗里摸索，朝声音传出的方向走去。

静悄悄的书房里，世本芳枝不见了。

“芳枝！芳枝！”

门开了，光线也随之射入房间。原来，男用人佐助手端着蜡烛进来了。

“是佐助君吗？快在房间里找找！芳枝她出什么事啦？喂，芳枝，你在哪里？”

他俩在书房里找遍了每个角落，可就是没有世本芳枝的人影。

“奇怪！刚才还听见她的声音，不可能有时间去别的地方。佐助君，你没在走廊上见到她吗？”

“没有，走廊上根本就没有人。”佐助非常肯定地说。

老人急忙跑到窗前。

“山崎君，房间里出事了，芳枝她失踪了！你看到有人翻窗出去吗？”

为没有抓到凶手而懊恼的山崎，正要返回房间时，听到老人惊慌失措的叫声。

“没有，我刚才就朝着窗子走来，没看见什么异常情况……怎么，芳枝小姐她不在房间里吗？”

他说完身上像长了翅膀似的，一个鱼跃翻窗跳进书房，听完老人的解释后，怒气冲冲地责问老人：“假若她不是从窗也不是从门出去，那又能从哪里出去？房间里难道有暗道机关？”

“别说傻话，怎么可能有那种东西！我听到了芳枝叫救命的声音，可瞬间就没有声音了，好像嘴被什么人捂住了。”

“您是说那家伙刚才在书房里？这怎么可能？”

山崎显得异常激动，大吼大叫，似乎已经忘了对方是这里的主人。

“别急，听我说！我不但听到芳枝的叫喊声，还听到了她的呼吸声以及两个人扭打的声音。一个是粗粗的呼吸声，一个是细细的呼吸声，我听得清清楚楚……至于那家伙是怎么闯入房间的，我根本就无从解释。可那家伙确实进来过，还强行带走了芳枝！”

这到底是怎么回事？真不可思议！无论怎么思考还是难以明白其中原因。如果既不是从窗子也不是从门口出去……那只有从暗道出去。

“你去把所有蜡烛给我拿来！还有一件苦差事要麻烦你，迅速去警署报案！”山崎大声命令佐助。

不一会儿，十多支蜡烛被点亮了。书房里亮如白昼，烛光与电灯光的亮度几乎一样。

山崎借助烛光把书架上的书全部取下，检查书架背后的墙壁。接着，他翻开地毯敲打地板，把脸伸入壁炉里检查，希望能找到暗道口。可是，被检查过的地方都很结实，没有半点儿可疑之处。

“奇怪！”

“嗯，实在不可思议！”

夏目菊太郎老人和山崎站在房间里目瞪口呆。

就在大家心急如焚时，天色渐入拂晓，接到报案后警方立即对别墅展开搜查。他们把搜查范围扩大到别墅高地及其周围，可就是没有发现凶手绿衣人和世本芳枝留下的脚印或者遗留物。

两个活生生的人怎么可能像烟雾那样消失了？怎么可能从密室消失？看来，绿衣恶魔肯定利用了人的思维盲区玩弄鬼花招。

现在，世本芳枝到底怎么样啦？在旁人看来，山崎内心的痛苦难以言表。

# 出　　马

世本芳枝下落不明，请接到电报火速赶到。

小林芳雄看完电报内容，慌慌张张地从床上爬起来。

自从世本芳枝跟山崎住到夏目菊太郎位于K町的别墅后，在半年多的时间里，小林芳雄几乎天天都在分析绿衣人制造的凶杀案。

“这家伙终于又出来寻衅闹事了，立即出发！不过，得稍稍考虑一下。据电文内容，芳枝小姐好像遭到了绑架，情况紧急，刻不容缓，一定要请明智先生出马！”

绿衣人的疯狂作案，令小林芳雄深感惊讶。他无法忍受案件长时间得不到侦破的耻辱，深知自己难以对付丧心病狂的绿衣恶魔。

小林芳雄拿起电话，随手拨通大江光一家的电话。

“喂喂，是大江君吗？非常冒昧，打搅你了，实在是对不起。刚才接到来自和歌山县夏目菊太郎先生的电报，说是芳枝小姐又遭到绑架了。

“我估计是昨晚发生的。要想迅速侦破这一案件，我实在是心有余而力不足，难以对付，想请明智先生出马。我曾经向他提出过这一请求，但先生说什么也不答应。

“现在，我打算立即去拜访他。如果你能抽出时间，咱俩一块儿去，你顺便也帮我说说。两个人一起去央求，想必先生的心肠再硬也会同意的。”

大江光一在电话里爽快地答应了小林芳雄。于是，小林芳雄迅速做出门准备。不一会儿，传来引擎声，随后大江光一进到了房间。

两个人坐上车以最快速度朝麻布的明智侦探事务所驶去。

“好，到了，把车停在拐角那里。”

小林芳雄还没有说完，两条腿已经沾了地。一路上，他似乎全身的血都涌上了脑门，焦急万分。

下了车的小林芳雄像飞似的朝明智侦探事务所跑去，大江光一一步不落地紧随其后。

朝着楼梯的房门被小林芳雄连敲了几下，没有回音。

“咦，先生不在家？”

“没有大案却这么早出门，比较少见。说不定先生马上就会返回的，我们进房间等一下吧！”

小林芳雄觉得无奈，迅速判断后用手推开门。

明智侦探事务所里果真空荡荡的，可明智小五郎的大办公桌上放有翻开的书籍。小林芳雄见状，猜测说先生可能在厕所里。

两个人仿佛觉得明智小五郎微笑的脸马上就要出现在门口，便一声不吭地等了好一会儿。

“太慢了！”

“嗯，可是……”

刚说到这里，小林芳雄不再往下说，而是突然竖起耳朵。

“喂，别弄出响声！你听见什么了吗？事务所里除我们俩以外，好像还有人。”

“别吓唬人！怎么可能有其他人？”

“你听……好像有声音！”

“奇怪，好像是对面房间！”

对于小林芳雄来说，这个事务所跟自己的家一样熟悉，他一直和先生住在这里，只是在前不久才离开搬到别处居住。先生不在时不管什么人都不能擅自闯入，即便再亲近的人也是不被允许的。

他猛然站起身来，推开隔壁房门冲了进去。

小林芳雄在房间里看见什么了？

蓬乱的赭色头发，脸颊上有很深的伤疤，绿色的西装，还有其他特征……冷不防一一飞入他的眼帘。

不仅如此，那家伙一看见他俩便开始发出曾经听到过的低嗓门的笑声。这种阴沉恐怖的笑声，即便想忘也忘不了。

意想不到的发现，使小林芳雄的两腿不由得颤抖起来，连转身的力气似乎也没了。

那家伙怎么在这里？为什么现在才感觉到呢？绿衣人一定是抢先潜入房间埋伏在这里的！

咦，到底是怎么回事？以往总是渐渐消失的笑声，现在却相反高昂起来，忽然间又变得爽朗起来。

“哈哈哈……别紧张！无论那家伙如何如何，他都不可能像我这样。是我，是我呀！我是你的老师明智小五郎。”

“什么，原来是先生！我真的吓了一大跳！”

“对不起，勿怪，勿怪。我不知道自己化的装能否顺利过关，便稍稍试了一下。好了，刚才你们吃惊的程度足以证明我的化装成功了。”

一直在旁边打着哆嗦的大江光一，听完这对师徒俩的对话后不由得松了一口气。

从头到脚装扮得和绿衣人完全相同的明智小五郎朝外面的房间走去，愉快地点燃香烟后重重地坐在沙发上。

小林芳雄此刻早就等不及了，心急火燎地报告了电文内容。

“情况十万火急，我打算立即赶到那里。先生，我觉得那家伙很难对付，特请先生出马，千万别推辞。”

话音刚落，没想到明智小五郎爽快地点头同意了。

“嗯，我不光一定要去那里……其实，我在这里等你很长时间了！这起案件非常棘手，假设我的想象正确，本案非同小可，不是轻而易举就能擒拿到凶手的。不瞒你说，我也有点儿担心。一想到是那样的对手，全身都会不由自主地颤抖，但我不能因此而袖手旁观，放任凶手。”

“那么，先生已经……”

“不，这只不过是我伏在桌上思考的方案。在没有弄清楚事实真相之前，我不会轻易下任何结论，也不会把我的打算告诉你俩。但我坚信，从表面上看凶手是精神异常者，但本案背后藏有最难以想象的不可告人的阴谋。干侦探这一行，就是要把侦查视角对准矛盾的疑点。也就是说，那里肯定藏有侦破整个案件的钥匙。”

小林芳雄和大江光一完全摸不着头脑，虽无法理解明智小五郎的这番话，可他答应出马足以使他俩心满意足。

明智小五郎的参与，必将意味着案件会很快地朝着被侦破的方向发展。他俩信心百倍地你望着我，我望着你，笑着相互点点头。

“好，我尽可能快一点儿出发。倘若我的推理正确，危险已经来到眼前，一分钟也不能耽误。明天早晨我们坐飞机出发，到达大阪后乘列车去K町。如果顺利，明天傍晚可以到达目的地。”明智小五郎的说话语气铿锵有力。

# K　町

第二天傍晚，明智小五郎和小林芳雄到达K町。

由于出发时发了电报告知到达时间，夏目菊太郎老人和山崎一起到列车终点站K町车站迎接。

“明智先生，你来了我就放心了。我相信你一定能替我救出芳枝。”老人握住大侦探的手兴奋地说。

四个人坐上轿车，沿着乡村公路朝K町出发。老人在车里不停地向明智小五郎道谢，可不知何故，山崎一言不发，把脸扭向一边，态度冷漠。

“我听说了，可没想到会是这样的结果。芳枝失踪后的两天里，警方到处设卡盘查还张贴了通缉令，可什么线索也没有发现。在这样的农村，不管凶手怎么化装都不可能改变陌生人这一事实，凶手不可能从当地人的眼皮底下溜之大吉。再说，警方目前也束手无策，眼下只能说是不可思议。”

“那没有藏在镇上的迹象吗？”

“这里与东京不同，不可能有那样的场所。大概是神情恍惚的缘故吧，我近来总觉得那家伙在住所附近徘徊。”

老人似乎从心底里感到害怕。

片刻，车到达城山别墅的高地山脚。这时已经是暮色浓浓，周围树林黑乎乎的，只有那条上坡道显露出淡淡的白色。

四个人下车后沿着羊肠小道朝上攀登，一路上没有人说话。山崎依然是刚才那副不理不睬的样子，途中说了一句“我回去了”，便独自一人急匆匆地先走了。

“山崎君他怎么啦？”

小林芳雄望着消失在树林里的山崎的背影，疑惑不解地向老人打听。

“唉，那一天山崎君对我说要娶芳枝为妻，当然不是马上举行婚礼，希望事先得到我的承诺。可就在他向我说这番话时，黑影出现了，芳枝也在瞬间无影无踪。山崎君经不住打击，每天思念芳枝，这也情有可原。

“你们为了救出芳枝而特意赶到这里，按理他应该感谢你们才是。可山崎君有他自己的打算，执意靠自己的力量救出芳枝，证明自己的能力，迫使我同意他们结婚。

“作为我来说，虽不表示反对，可也没有明确表示同意……从那以后，山崎君几乎夜不能寐，犹如侦探犬在附近寻找。从某种意义上说，他是在与你们展开智慧较量，看谁先救出芳枝。”

“噢，原来是这么回事。要真是这样的原因就好了。”

小林芳雄和明智小五郎总算明白了山崎对他俩不冷不热的真正原因。

没过多久，城山别墅，也就是夏目别墅的灯光出现在大家眼前。突然，有一个黑影箭一般地朝他们靠近。

“瞧，就在树林里，一个绿色家伙，请你们快追上去！”

说这话的是山崎。无疑，绿衣人是凶手夏目太郎。

第一个追上去的是明智小五郎，他将一直提在手上的皮箱往地上一扔，撒开双腿疾跑。那奔跑架势，仿佛在跟山崎展开田径比赛。

紧跟着狂奔的是小林芳雄，夏目菊太郎也不由得跟在后面小跑起来。

“瞧，就是他！他在那棵大树下！”

山崎手指的方向，果然有一个绿衣人在树林里穿行。距离很远，加之天色暗淡，无法仔细辨认，唯独耀眼的绿色服装清晰可辨。

目标明确了，大家追赶的速度更快了，可对方也更快了。眨眼间，绿衣人消失在树林深处，等到大家跑到那里时，连影子也没见着。

他们立即通知警方，几十名警察迅速包围这里展开搜索，连稍有一点儿可疑的草丛也没有放过，可结果与前几回的搜索相同，一无所获。

别墅里，夏目菊太郎已经让用人准备好了饭菜，正耐心地等待着大家回来。吃罢晚饭，明智小五郎和小林芳雄一起来到曾经出现过凶手的书房里，展开详细的调查，也仍然没有新的发现。

那天晚上，小林芳雄和明智小五郎并排睡在一张床上。像这样的情景，已经很长时间没有了。

# 地　　道

“小林君，七点了，吃早饭前再检查一下书房好吗？”

小林芳雄被明智小五郎唤醒，一骨碌从床上跳到地上。片刻，两个人都穿好了衣服。

他俩一前一后走进书房，宽敞的书房里空气凝固，给人沉闷的感觉。

推开房门朝里打量，出乎意料的是房间里有人，是山崎。他站在一侧靠墙书橱的前面，正专心致志地阅读。

他转过脸瞧见两个人突然出现在门口，不知何故紧张起来，连忙将手上的书放回书架，朝门口走去。

“早上好！怎么样，昨晚睡得好吗？”

“很好。山崎君，你起得好早呀！怎么，看书一直看到现在吗？”明智小五郎的话语里多少带了点儿讽刺的口吻。

“没有，这书架上的书有点儿乱，我刚才整理了一下。”

小林芳雄觉得山崎君举止反常，分明是在看书，可为什么要撒谎呢？

“原来是这么回事。请问，你对这起案件有什么高见？我初来乍到，人生地不熟，还一点儿头绪都没有。”

“你是想知道我的想法吗？我不值得你问，在侦探方面，我是一个门外汉……”

山崎的语气虽十分婉转，可脸上充满了敌意。在晨曦中，他那张英俊的脸庞使明智小五郎深感惊讶。

一对被长睫毛围着的眼眸，显得格外有神，嘴唇上红红的，好像涂了口红。

“好，我不奉陪了，请慢慢地阅览吧！”

山崎微微转动了一下他那漂亮的脸庞，朝明智小五郎点头示意后消失在门外走廊上。

“嘻嘻嘻……他对我们抱有相当的敌意。哎，他可称得上美男子了。”明智小五郎转过脸奇怪地笑着对小林芳雄说。

接着，两个人用了不到一小时的时间，分头彻底搜查了整个书房，还是没有新的突破。

吃罢早餐，明智小五郎忽然一声不响地离开了，没有马上返回的迹象。

小林芳雄一个人闲得无聊，便离开房间走进书房。

一推开房门，出现在他眼前的是明智小五郎。他站在书橱前手捧着一本摊开的书，正在聚精会神地阅读。

明智小五郎站的位置和山崎清晨站的地方一样，看的书也是同一本。当发现小林芳雄站在门口，他吃惊的表情也与山崎相同，赶紧把书放回原处走到门口。

“哦，先生，你在查阅资料？”

小林芳雄说完，发现明智小五郎回答的神情也与山崎相同。

“没什么，没什么，书上有虫子，只是想取下看看而已。这样吧，小林君，我看我们先去昨天经过的树林那里搜查一下好吗？”

说完，他像把小林芳雄撵出去似的来到门外走廊上。

“先生，你打算去找什么？”小林芳雄越发糊涂起来。

树林里的搜查，几乎花了整整一上午时间。他们时而翻开石块，时而爬上大树，遗憾的是，什么线索也没有发现。

树林中央耸立着一棵很显眼的老樟树，直径两米左右。在距离地面一米半左右的树腰上有三根树杈，树枝朝四面八方伸展，气势称得上树中之王。

传说它已有一千多年历史，自古以来就被视作重点保护的神树。

即便现在，神树周围还是有用绳索编织的护栏，禁止行人或游客靠近。

明智小五郎似乎对这棵老树抱有浓厚兴趣，跨入护栏将树干抚摸了一番。最后，他像猴子似的一溜烟爬上树，坐在那里待了好长一段时间。

“好不容易来到这里，你下午最好去游览一下纪伊半岛。我呢，有事要独自一人调查。”

根据明智小五郎的建议，小林芳雄舒舒服服地度过了整整一个下午，像这样的机会还真不多呢！

他在海岸和山上到处转着游玩，等到返回夏目别墅时，已经是快要吃晚饭的时候了。

“先生，怎么样啊，找到线索了吗？”

“嗯，大概是今天晚上，如果迟一点儿，可能是明天早晨会有情况发生。”

吃晚饭时，小林芳雄问明智小五郎，大侦探则胸有成竹地答道。

晚饭过后，小林芳雄跟夏目菊太郎聊起了天，内容是关于这一带的风土人情，接着回到二楼卧室，又没有见着明智小五郎的影子。

小林芳雄待在房间里等了大半天，还是不见明智小五郎回来。突然，他想出去看看。

别墅外面是美丽的夜景，皎洁的月亮高挂在空中，月光如银，洒向大地。小林芳雄犹如梦游患者，不由自主地朝着树林走去。

皎洁的月光穿过枝叶之间，将树林照得犹如白昼。忽然，他发现前面有东西晃动。

小林芳雄顿时停住脚步，凝神一看，像是一个男子在树林里穿行，浮现在月光下的是绿色身影。

“肯定是那个家伙！好，今晚一定要抓住他！”他猛地下了决心。

小林芳雄对于跟踪很有自信，借助树的阴影和树干掩护自己，一步一步地朝对手靠近，小心翼翼地跟了上去。

须臾，凶手的前方出现了小林芳雄曾经见过的古老神树，只见绿衣人朝那里走去。

小林芳雄想起白天明智小五郎对这棵树饶有兴趣的神情，暗自点头。

绿衣人翻越老树前面的护栏，以酷似明智小五郎的姿势朝那棵直径两米左右的树上攀爬，随后站在树杈上面。就在这一瞬间，绿衣人的身体像被神树吞没了似的消失了。

小林芳雄直愣愣地站了好一会儿，仿佛迷路了。他凝神眺望，侧耳倾听，然而什么也没发现。他又踮起脚尖走到护栏跟前，跨过护栏后小心翼翼地朝树上攀爬。小林芳雄站在树杈上朝树干看了一眼，令他吃惊的是，树中心是一个大黑窟窿。他不由得朝里窥视，发现黑暗里隐隐约约有可以踏脚的地方。

于是，他沿着踏脚的地方朝黑窟窿深处一步步地走下去。最后像是到了地下，那下面好像还有石梯。

小林芳雄屏住呼吸踮起脚尖沿着黑暗继续向下行走，不一会儿，石梯没了，接下来，是可以站着走的地道。

摸着黑继续朝前走了大约六十米的路程，两边的墙突然不见了，眼前变得宽阔起来。小林芳雄凭直觉估计这里好像是个房间。

他侧耳细听，不由得吃了一惊，距离自己三四米远的黑暗处好像有人。与此同时，黑暗里传来轻轻的叫声。

“啊！”

“站住！”

猛然间，黑暗里传来刺耳的叫喊声，眼前随即啪地亮了。

黑暗里出现了两道交叉在一起的光束，光束的焦点定格在两个浮现在黑暗中的人影身上。

小林芳雄使劲儿克制着自己险些发出的惊叫声。

手电光束的焦点那里，两个相同打扮的人互望着对方。

乱蓬蓬的头发，令人恶心的伤疤，耀眼的绿色服装。不知什么时候，地道里出现了两个相同的绿衣人，而且都彼此注视着对方。

紧接着的一瞬间，小林芳雄察觉背后传来完全不同的呼吸声，还有衣服磨擦的声音，是真实的人。他清楚地感觉到自己的腋下有冷汗正沿着肌肤向下流淌。

“站住！”

刹那间，黑暗中再次响起叫声，接着是咯噔咯噔的脚步声。

其中一个绿衣人熄灭手电逃走了，另一个绿色人则不顾一切地追上去。孪生兄弟般的两个绿衣人，好像是敌对双方。

这时候，小林芳雄的脑子里忽然掠过这么一个想法：“逃走的绿衣人是真正的凶手，追赶的绿衣人多半是明智先生。”

一想到这里，他眼前立刻闪现出在明智侦探事务所见到的明智小五郎扮成绿衣人的模样。

忽然，黑暗中传出有人倒地的声音，同时，还听到“哎哟”的呻吟声。

“糟啦，手电不见了！”

好像是嘟哝着自责并且爬起来的声音，这确实是明智小五郎的声音。

忽然，背后传来叫声。

“手电吗？在这里。”

话音刚落，黑暗里亮起了耀眼的光。光束从小林芳雄身边穿过射在刚从地上爬起来的绿衣人身上。

发出叫声的，好像是山崎。

脚步声离小林芳雄越来越近，他从小林芳雄前面经过，慌慌张张地问：“是小林君吧？我是山崎，是来救明智大侦探的。”

“啊，果然是山崎君。”

两个人并肩朝明智小五郎那里跑去。

“我们是小林和山崎。明智先生，夏目太郎朝哪里逃走了？”

这时，传来明智小五郎的声音：“啊，是你们俩！快跟我一起追，他朝你们那里逃走了！喂，要留神地面有绊脚绳索，我刚才就是被绳索绊倒的。芳枝小姐多半被关押在这里！”

三个人谁也没有再说话，追赶着已经逃走的绿衣人。明智小五郎拿着山崎的手电走在头里。

“救命……我是芳枝，快、快来救我……请快来救我！”

黑暗里传来尖叫声和撕衣服的响声，于是，他们将一直照着地面的手电光束移向前方。

出现在光束里的果然是世本芳枝，宛如幻灯片里的镜头。

那里凑巧是洞窟转弯的地方。世本芳枝的左手扒着那里石壁上凸出的地方，一个劲儿地挣扎。她披头散发，破衣烂衫，整个身体趴在冰冷的地上，似乎被一点儿一点儿地拽着朝转弯方向爬行。瞧那模样，拐角那里好像有凶手。

世本芳枝的右手到肩膀部分，已经被拽到拐角另一侧，看不见了。是那个家伙，肯定是绿衣人！看情形似乎他正在着急拽走世本芳枝。三个人加快脚步向那里跑去。

世本芳枝使出全身的力气挣扎着，拼命想从绿衣人手中挣脱。

随着三个人脚步声越来越近，绿衣人也许知道不妙，放开紧拽着世本芳枝的手，独自一人逃走了。只见世本芳枝有气无力地倒在地上。

"芳枝小姐！"

山崎由于兴奋一边用嘶哑的声音叫喊，一边弯腰抱起世本芳枝。但她没有任何反应，好像完全失去了知觉。明智小五郎没有止步，小林芳雄也没有止步，继续追赶。

拐角的另一侧，是一条笔直的长通道。他俩一边追赶，一边将手电光束朝前照射，寻找凶手的踪影。

可凶手逃跑的速度似乎比闪电还要快，笔直的通道里，手电光束能够射到的地方，根本没有凶手的影子。师徒俩仍不死心，继续追赶，不一会儿，来到洞窟的出口。

洞口在夏目别墅高地的腰部，被灌木和杂草遮掩着，从外表看，根本察觉不到背后竟然有张着大嘴的洞窟。

两个人走出洞口进一步在周围搜索，却连绿衣人的影子也没有见着。明智小五郎最后决定，等到天亮时与警方取得联系，请警方进行搜查。

他俩一无所获地返回洞窟。这时，世本芳枝虽说意识好像恢复了，可眼睛还是紧闭着。

“没有抓住吗？”山崎问这番话时，带着责备的口吻。

“是的，非常遗憾，又一次让凶手从眼皮底下逃走了。这条地下通道的另一出口在高地山腰，那家伙肯定从那里朝外逃走了。光我们几个，不可能抓住凶手。”

“哼，地下通道有入口就有出口这是理所当然的。不堵住出口去追，等于瞎忙活。”

山崎毫不客气地数落着他俩，但他说的也不无道理。对此，小林芳雄并没有放在心上，只是偷看了明智小五郎一眼。可这时，大侦探似乎在考虑什么，冷不防嘿嘿地笑了。

“芳枝小姐得救了，这比什么都重要。”小林芳雄故意改变话题。

“那可不是明智先生的功劳哟！最先发现这条地下通道的可是我呢！再说救出芳枝小姐的，也是我啊！

“先生，你可能也看过书房里的那本书吧，也许你看到书里地图上的红线尽头，猜测它就是指神树的下边。

“当然，我早就知道这一情况了。在你们还未到那里时，我就已经等候在神树旁边，看着你们先后进入地道。

“只是先生的装束太出乎我的意料，我误以为你是凶手，所以想救助小林芳雄才赶到这里。我的手电帮大忙了吧？”

“是啊，不过，你还是等一下再说吧，快把芳枝小姐护送到家里！”

明智小五郎镇定自若，命令山崎。

“芳枝小姐，可以走吗？请勇敢一点儿！”

明智小五郎和小林芳雄抱起世本芳枝，让山崎背她回家。

# 凹　　宕

“先生，刚才山崎君在地道里说的地图和红线之类的东西是什么……莫非是指先生今天早晨在书房里看的那本旧书？”

地道里追踪凶手告一段落后，明智小五郎和小林芳雄返回卧室。一到卧室，小林芳雄便迫不及待地问起明智小五郎来。

“是的，是那本书。那书好像是这幢城堡别墅最初主人的，上面详细介绍了这幢别墅的内外情况，还有这个城堡别墅的地图。书上画有一条红线，一对照原文，发现那上面有一个‘秘’字，说明红线标明的地方有秘密。例如，别墅被围困时运送粮食的路线、主人逃离别墅的路线等等。别墅下面有条地道，可见红线是代表着地道。于是，我在沿着别墅步行的时候，调查了地道的所在位置，发现地道入口在神树那里。于是，我越过护栏爬上神树找到了入口。”

“刚才，山崎君说他先发现地道入口，这是真的吗？不过，山崎君的确是在先生之前看了那本书的。”

“是的，是山崎君先发现的。也就是说，他想赶在我们前面并且独自掌握地道入口。当我们今天早晨突然出现在书房门口时，他一脸慌张的模样，你一定还记得吧？”

“先生为什么要那样化装后才潜入地道呢？”

“我是考虑过的，却被对手识破了。不管怎么说，今晚败给了对手。”明智小五郎的回答像谜一般令人不解。

“小林君，我刚才被绳索绊倒的时候手电掉了，你还记得吧？当我伸手去捡的时候，却被对手抢先捡走了。当时，对手与我的手碰了一下。”

明智小五郎说到这里停顿了，沉默了好一会儿，接着，不知为什么压低了嗓门：“你猜猜是什么样的手？咳，是十分冰冷但又柔软的手，给人一种恶心的感觉。当时我如果能抓住那只手，也许就能抓获凶手，可不知为什么，我当时犹豫了一下。碰上那样令人毛骨悚然的手，我还是生平第一次。”

“先生如果事先告诉我，不就可以把守地道出口了吗？”

“那是因为我另有想法，可就算你在出口那里等再长时间，结果也是不可能抓获凶手的。”

“为什么？”

“因为对手使用了魔术，明天再调查那个出口后你就会明白的。”小林芳雄深信明智先生的判断。先生好像已经知道什么，只是还没有到对我公开的时候。小林芳雄想到这里放心了，躺在床上不一会儿就睡着了。

第二天早晨，小林芳雄又被明智小五郎唤醒。

他俩迅速换上外出服装，脸也顾不上洗就悄悄从后门溜出夏目别墅。

外面天还没亮，他俩顶着迎面吹来的冷风，一边分开与腰一般高的杂草，一边朝山下走去。

"像这样的洞口，不可能被人发现。"

"是啊，设计得十分周到。对于知道这下面有洞口的人来说，这片树林是提示的标记，还能掩人耳目。"

明智小五郎让小林芳雄等在洞口附近，自己仔细地观察周围地面情况。片刻，他转过脸朝着小林芳雄笑嘻嘻地说："这地面的泥土很松软，进出洞口的脚印非常清楚。"

"是两个尺寸的脚印吧！"

"是的。"明智小五郎的笑声渐渐响亮起来，脸上堆满了酷似淘气孩子的表情。小林芳雄瞬间醒悟了。他赶紧比试自己的鞋子，与脚印完全一致，另一串脚印与明智小五郎的完全吻合。

"瞧，这是昨天晚上我们俩留下的脚印。"

"是的，如果凶手从这里出逃，不留下脚印是不可能的。"

"那么凶手采用了什么办法？会不会是隐身术？真可怕！"

"对此，我做了三种假设。"

明智小五郎仍然是边笑边解释："第一，凶手利用黑暗从我们腋下穿过，朝相反方向的那棵神树出口逃跑。这假设似乎不太可能。"

"嗯，不可能。虽说地道里那一段很宽敞，可入口那里有我和山崎君。凶手若想神不知鬼不觉地从我们身边溜走，是不可能的。”

“第二，凶手脚不沾地逃之夭夭了。也就是说，像鸟一样依靠翅膀飞走了。一个活生生的凶手，难道真能像灵魂一样凭空消失？”

“太可怕了！这个疯子莫非有什么特异功能？”

“第三，地道里有岔道儿。也就是说，洞壁上有隐蔽的暗道或者洞窟，凶手有可能一直藏在那里。”

“我认为不可能有岔道儿，但也许有可以隐藏的洞窟。说不定，那家伙还躲藏在那里。”小林芳雄说完，身体情不自禁地颤抖了一下。

“总之，今天要请警方仔细搜查一下。”

明智小五郎一直提倡保密主义，似乎还隐瞒着什么没有向小林芳雄公开，除三种假设外还保留了什么。

片刻，警官们也赶到了现场，对地道里进行了彻底搜查，也还是没有得到新的线索。

只是发现，从昨晚世本芳枝趴过的地方朝里走一点儿，那儿的洞壁上有大约边长三十厘米的正方形凹洞，表面石块是活动的，可以取下和装上。

“这凹洞里也许有什么东西？”

“有面包屑和桔子皮，是凶手放食品的地方。”

“大概是那样的吧。”明智小五郎若无其事地答道，但脸上微微流露出一种难以察觉的笑容，这并没有逃过小林芳雄的眼睛。

# 白　　搭

当天晚上，大家围着筋疲力尽躺在床上的世本芳枝，和她一起聊天，打发时光。

世本芳枝似乎还不能开口说话，对于夏目菊太郎老人提出的问题回答起来非常费力。

“那家伙没有对我施暴，只是把我从书房强行带到昨晚大家赶到的地道，举止非常蛮横，但没有出格的地方。”

“那家伙是怎么把你强行带出书房的？”小林芳雄插话问道，他觉得实在是不可思议。

“这我说不上来。当时，灯突然灭了，眨眼间，我的身边出现了呼吸声，既不是伯父的也不是山崎君的。我吃了一惊，正要从椅子上站起来，冷不防，那呼吸声从背后猛地靠近我。紧接着，我的嘴巴也被身后伸过来的手捂住了。我拼命挣脱，可刹那间失去了知觉。”

“那人肯定是夏目太郎吗？”

“是，是的，那家伙看上去非常瘦削。尽管他是我丈夫的仇人，可一看见他那副有气无力的样子，不知怎么的，竟然可怜起他来。可能因为那家伙天生是疯子的缘故……”世本芳枝低着头说话，满脸悲伤。

这时，传来奇怪的响声，只见一个黑色的东西啪嗒啪嗒拍打着翅膀，经过房间里的拉窗飞了进来。

“啊，是蝙蝠！”

大家猛地站起身来。山崎拿来扫帚，企图打落这只不吉利的蝙蝠。

“咦，那是什么？瞧，蝙蝠脚上好像系着什么东西。”

山崎敏捷地抓住垂在蝙蝠脚脖子上的东西。原来，那是一张纸片，上面是密密麻麻的铅笔字。

小林芳雄接过那封信从头到尾看了一遍。

你们这些家伙竟敢阻挠我！那好，我绝不会放过你们。芳枝小姐将要和山崎君结婚的情况，我知道得一清二楚。我已经忍耐不住了！

试想，我怎么可能允许芳枝小姐投入山崎这小子的怀抱？告诉你们吧，我要把芳枝小姐带到地狱。你们如果不相信，那就走着瞧吧！

绿衣人

看完后，小林芳雄赶紧把信递到明智小五郎的手上。

这封奇怪的信在大家的手上传来传去。看了这封信的人，一个个神色木然。

“大伯父，这上面写什么内容了？”世本芳枝问道。

“哦，你不用关心这个。有我们大家在这里守护，你就安静地休息吧！”夏目菊太郎说。

他没把信递到世本芳枝的手上。

大家被这封信上的内容震惊了，担心真的出现这样的局面，就决定请两名警察留在这里通宵保卫。

世本芳枝的卧室，一面是厚实的墙，其他三面与隔壁房间相连。夏目菊太郎老人分别让山崎、用人佐助夫妇和两个警察暂住在这周围的三个房间里，自己则待在厚墙背后的书房里观察动静。明智小五郎和小林芳雄轮流值班，彻夜保卫。

一点，两点……午夜的别墅静得出奇，像这样的严密防范，恐怕凶手只能望而却步了。可就在两点刚过几秒钟的时候，意想不到的情况发生了。

世本芳枝的卧室里传出惨叫声。

大家不约而同地爬起来，冲入世本芳枝的卧室。这时，她已经从床上爬起，正不停地打哆嗦。

还没来得及问原委，只见世本芳枝卧室的地板上插着一把寒光闪闪的匕首，而刀柄在地板下面。

“警官，快检查地板下面！这家伙不可能马上逃走，再说房间里只有一个出入口。”山崎第一个嚷道。

这是个榻榻米房间，由于它是欧式别墅的一部分，地板下面被混凝土浇灌得密不透风。要潜入地板下面，除非拆卸隔壁仓库的地板，否则不可能进入地下。

“快去仓库，快！只要把仓库门堵住，这家伙就是瓮中之鳖了。”山崎大声嚷道，自己带头朝那里跑去。

“先生，我们也一起去看一下！”小林芳雄焦急起来，轻声对明智小五郎说道。

大侦探似乎根本不感兴趣，嘟哝着说：“就是爬到廊子下面找也是白搭！”

小林芳雄还是忍耐不住，独自一人朝仓库跑去。他跑到仓库里一看，一部分地板已被拆除。

“那家伙在下面吗？”小林芳雄问山崎。

“果然不出我所料，地板早被拆了，还有人爬过的痕迹，可下面一个人也没有。”

地板下传来山崎的声音。

小林芳雄顺着声音也跳到地板下面，上面有手电灯光，照着地下的四周。

“山崎君，把手电借给我。”

小林芳雄接过手电仔细搜查了地下，没有发现人影。他俩来到世本芳枝卧室下面，果然像山崎说的那样，发现了日本刀的刀柄。

“这是证据，请小心把它拔出来！”

小林芳雄向警察打了个信号。

这时，不知从哪里传来奇怪、低沉的嗓音。小林芳雄吓了一跳。那家伙！是那家伙的笑声！笑声逐渐高昂，在地板下回响，震耳欲聋。

“是谁？”警官大声呵斥的同时，笑声停止了。

“是那个家伙的声音！”

“是的，他在哪里？”

山崎和小林芳雄窃窃私语，用手电仔细照着地板下的每一个角落。

“我们还是出去吧，最好是堵住出入口。”

山崎提出建议，于是，三个人赶紧从地板下边钻出来到仓库，用木板堵住出入口，让两个警察把守。

“小林君，帮我一下，把那个房间的地板拆掉！”

山崎还没说完就挥舞手臂掀起草席、卸掉地板，借助房间灯光仔细观察地板下面，也没有发现凶手的影子。

“我刚才不是说了吗，就是到廊子下面找也是白搭。”

从地下搜查的一开始到结束，明智小五郎的表情就一直冷若冰霜，冷眼观望刚才的热闹景象。他苦笑着脱口而出，语气十分平静。

就这样，凶手又烟雾般地消失了。

世本芳枝再次脱险，可大家由于凶手的再次消失而感到胆战心惊。

# 遗　嘱

那以后的五天里，一切平安无事。

世本芳枝从那以后一直睡在欧式房间的床上，大脑神经作痛，一天比一天激动，简直像发疯。山崎日夜护理守候在床边。

“就连我也感到害怕！她有时突然指着房间角落大声狂叫：瞧！在那里！”

就像山崎说的这样，世本芳枝每天不是迷迷糊糊地昏睡，就是颤抖着声音狂叫，或者从床上跳起来，像精神病患者。

然而，像这样异常疯癫的并不只是世本芳枝，夏目菊太郎和用人们也都由于绿衣人的缘故，不同程度地患上了神经衰弱症。

看护世本芳枝的保卫工作变得越发严格起来，整个房间简直固若金汤。

一天，夏目菊太郎老人邀请小林芳雄。

“小林君……我有事想问你……最近几天来，我思考了许久，总觉得不可思议。”

“什么事？只要是我知道的，不管什么都可以问，请直截了当地说！”

夏目菊太郎似乎难以启齿，停顿了一会儿，咳了一声说道：“我想向你打听明智先生的情况。我总觉得明智先生与社会上传说的不太吻合，根本看不出他是一个名侦探。他是你的老师，对你说他的坏话很不应该，请原谅，可他哪像侦探？依我看，肯定是一个精神不正常的怪人。”

他的话语里充满了对明智小五郎的不满。

“首先说一下地道的事。当时没有抓住完全应该抓住的凶手，为此，山崎秘书时常发牢骚。我也思考过了，觉得他非难明智先生是有道理的。那天晚上，他穿着与凶手一样的服装在树林里转来转去，像在玩骗孩子的把戏。还有，对前几天发生的那起事件，他也是那样麻木不仁。尽管寒冷，山崎秘书和你一起还是钻到地板下搜查，可他光是站着，最后还冷言冷语地讽刺。说心里话，我怀疑他的智商有问题。”

“你刚才说的情况，我觉得也有道理。可我家先生不管在什么样的场合，绝对不会做任何徒劳的事，他这么做必定有原因，或者说已经预感到什么。就像先生后来说的那样，尽管我们在地板下面忙活了一阵子，可什么也没有发现。不知情的人也许会觉得先生无所事事，其实，我家先生像以往一样，该出手的时候才会出手，在这点上，他是绝不含糊的。”

小林芳雄最了解先生明智小五郎，深知他既有渊博的知识，又有超常的智慧，所以耐心细致地说服老人。可夏目菊太郎老人依然十分顽固。

“你可能不清楚，还有一件怪事。他刚来那天，突然把我喊到隐蔽处问我要照片，还一再关照我别对任何人提起。我只给了他一张照片，可他立即用航空挂号信不知寄到哪里去了。也不知何故，不管怎么问他，就是笑而不答。

“奇怪的事情不光这些。两三天前，他突然喊住我问道我一共有多少财产，我回答说：‘就这些，没多少。’你猜他怎么说的？他说：‘嗬，你还真是个大富豪呢！’话语里，充满了讥讽的口气。还说：‘你膝下没有子女，财产最终会落到别人手里。唉，你打算让谁继承？’等等。

“他关心我真是太过分了！不过，我觉得他那样问可能是出于破案需要，便回答说让芳枝继承。事实上，这也是我真正的打算，山崎君和芳枝结婚，让他俩继承财产。我说完这话，他却问我说：‘你写过遗嘱了吗？’

“被他这么一说，我憋了一肚子火，冲着他说：‘我还没有死呢！’谁知话音刚落，他竟哈哈大笑，说：‘啊，原来是这么回事！我也觉得你还没有写遗嘱。’他说完这些讽刺的话后，一阵风似的走了。我转而一想，他是在劝我写遗嘱。

“就说刚才的情况吧，邮递员送来一只邮包，是寄给他的，也是航空挂号。他一从邮递员手上接过邮包，就来到我房间对我说：‘快写遗嘱吧！’我问为什么，他说不管怎么写都行，但一定要写。瞧他那说话时的模样，我觉得他不像一个精神正常的人。

“不光这些，他还说：‘我明天清晨回东京，请把我送到T车站。’我一听这话真的火了，大声吼道：‘你要回去就一个人回去！来我这里到底是干什么的？要我送你回去，想都别想。告诉你，遗嘱什么的，我是不会写的。’”

夏目菊太郎老人越说越激动，脸涨得成了猪肝色。

“你说我家先生要回东京？想必有其原因。侦探这项工作，有时候会让人觉得不可思议，甚至无法接受。其实，他们大多经过慎重考虑后才做出决定的。这一次先生要回东京，肯定也是经过了反复思考。还有，我家先生有一个最大特点，那就是在他没有做出最后决定前，什么都不会说的。”

“他如果有什么打算，事先向我说明又有什么不好呢？否则，我这个老人总是受惊吓。”

老人的愤怒和心里的疙瘩，小林芳雄是无法化解的。

交谈结束后，大家在一起吃晚饭。晚餐过后两个小时，夏目菊太郎老人的态度不知何故来了个一百八十度大转弯。

“小林君，我决定明天早晨送明智先生去车站。我问过他了，觉得他应该去，他去东京是为调查这起案件。还有，我已经按照明智先生说的写好了遗嘱，明天早晨向大家宣布。”

老人笑嘻嘻地说道，脸上的表情与晚饭前完全判若两人。

小林芳雄一时还转不过弯来，目瞪口呆地望着“阴转晴”的老人。他知道明智先生的脾气，现在这时候，不管怎么问，是问不出结果的，相反会浪费宝贵的时间，他决定顺其自然。

# 赴　京

次日早晨八点左右，明智小五郎做好了出门准备，告别大家后离开了夏目别墅。夏目菊太郎与明智小五郎同乘一辆轿车，送他去T车站。

小林芳雄和山崎要求代替老人送明智先生去车站，却遭到明智小五郎的反对。

“不行！你们不在家守护，芳枝小姐将会怎么样，你们想过后果吗？我有夏目老人送行就足够了，希望你们别离开芳枝小姐的房间，一步也不能离开。绿衣人究竟什么时候从什么地方潜入，谁都无法预料。还有，绿衣人一旦知道我外出不会不来骚扰，请小林君一定要注意，保护好芳枝小姐，其他什么也不要做。当然喽，一定要与山崎君在一起。其实，保护芳枝小姐的安全，即便有你们俩也根本不多。”明智小五郎一再叮嘱他们俩，重复了好几遍。

这天早晨，山崎脸上的表情像换了个人似的，显得格外有精神，独自一人不时笑眯眯的。

早餐前，夏目菊太郎把山崎叫到书房说了许多话。无疑，不仅说了许多将来的事情，还把昨晚写好的遗嘱给他看了。

明智小五郎和老人同乘的那辆轿车不一会儿到达T町车站，距离列车出发时间还有一个多小时。他俩商量后，决定去附近旅馆休息一会儿。

“我们很疲劳，想静静地卧床睡一会儿，希望在我们按铃之前别进入房间。”

两个人一走进房间便喊来女服务员，对她说了这番话，然后关紧房门，不让房间里的声音传到走廊上，房间里静得鸦雀无声。

这两个人到底在干什么？他俩从家到车站也没有在车上待多少时间，可都说很疲劳，难道这是真的？

片刻过后，距离发车时间所剩无几，两个人从房间里出来了。

定睛一看，这个刚才身材瘦削的老人好像胖了一点儿。

两个人来到月台上没有说话，只是点点头弯下腰行了告别礼。随后，明智小五郎登上列车的二等车厢。

少顷，明智小五郎从车窗探出脸，帽檐压得很低，衣领子竖起来围着脖子，似乎车厢里很冷。另外，不知什么时候他鼻梁上多了一副黑色眼镜。

“好了，请多保重！”

站在月台上的夏目菊太郎老人走上前朝明智小五郎低头行

了一个礼。明智小五郎好像也说了什么，可由于竖起的衣领子遮住了嘴巴，说的话含含糊糊的。

发车的铃声响了，列车缓缓驶出月台。

“请保重！刚才拜托你的事情请一定要办好，千万别大意！”老人朝着已经远去的车窗喊道。

列车驶离月台后，老人独自回到自己的别墅。

老人由于连日来的疲劳和长时间来的第一次出门，看上去似乎十分疲劳，一走进书房便坐到椅子上，一副无精打采的模样。

送走明智小五郎后，别墅里似乎没了生气。

明智小五郎走后，老人不得不把责任揽在自己身上，可能是这个原因，老人感到左右为难。

“我怎么会这么疲劳？心情也不好。”

拉上窗帘的房间里显得十分昏暗，老人坐在大写字桌前不停地眨巴着眼睛。午饭和晚饭都是让用人端到书房，即便有事请示他，他也不离开一直坐着的大椅子，更不接待来客。

“有话请等一会儿再说，我现在身体不太舒服……”他有气无力地回答。

小林芳雄见状感到不安起来。

“唉，明智先生为什么选择这个时候回东京呢？夏目菊太郎先生又变成现在这般模样，如果凶手绿衣人今天晚上偷袭那可怎么办？那家伙的魔术犯罪高深莫测，防不胜防。仅我和山崎君两人，如果能防住他那当然好，可是……”

小林芳雄的担心和夏目别墅的不幸，没过多久居然成了现实。

# 复　　活

小林芳雄的不安没人理会，夜深了，四周静悄悄的。

老人由于疲劳过度，吃罢晚饭便上床休息了，几分钟过后打起呼噜进入了梦乡。床边柜上的台灯没有熄灭，灯光将老人的白色胡子照得朦朦胧胧的。面朝院子的玻璃窗关得紧紧的，连红色的窗帘也拉得没有一丝缝隙。鸦雀无声的房间里，只有清脆的钟表走动声在嘀嗒嘀嗒地响着。

凌晨一点多的时候，房间里根本没有风，可窗帘忽悠忽悠地飘了起来。就在房间角落的窗帘下边，出现了两只脚，接着出现了绿色裤子。

少顷，窗帘缓缓地朝两边移动，细小的窗帘间隙那里，出现了一对目光贪婪的眼睛。

眼睛射出的视线在房间里慢慢地转动，最终投在老人熟睡

的脸上，停留了好一会儿，观察老人的动静。又过了一会儿，窗帘被拉开，绿衣人的整个身影暴露在微弱的台灯灯光下。

是绿衣人！

老人依然熟睡，睡得很沉。绿衣人踮起脚尖踩在厚厚的地毯上朝床那里走去，两手弯曲成掐脖子的架势，朝正在静静沉睡的老人逼近。

绿衣人似乎决心已定，送世本芳枝唯一的保护人夏目菊太郎上天国。

危险！两只酷似蜘蛛的大手投影，沿着白色被单徐徐地向老人的脖子逼近。

老人将在瞬间一命呜呼。

“住手！”猛地传来呵斥声，声音竟然来自老人的嘴里。

老人迅速睁开眼睛，眼眸在台灯灯光的折射下，像两道激光直逼绿衣人。老人依然是仰面卧床的姿势，那眼神似乎在说，怎么会发生这种情况？

顿时，绿衣人慌了神，站着直发愣。

光线暗淡的房间里，两对充满敌意的眼睛，犹如两把利剑纠缠在一起。

不可思议的是，老人在气势上战胜了绿衣人。他怒视着绿衣人慢慢地支起上身，转眼间从床上爬了起来。老人的右臂敏捷地抬起来，冷不防一把抓住绿衣人的头发。不知何故，对方的赭色头发被全部拽了下来。

绿衣人没想到老人来这么一招，而且动作如此神速，吓得他一个劲儿地往后退，顾不上用手招架。

原来，绿衣人戴着假发套。假发套被拽下，露出的是油光光的黑发。

“果然是你这个浑蛋，我早就察觉到了，一直等待今晚你自我暴露的机会。没想到吧，你这个自以为聪明过人的恶魔进了我的圈套，哈哈……我看你还是放老实点儿吧！”身着睡衣的老人挽起双臂上的袖子，叉开两腿站在床前。

“喂，看这个！”

此刻，绿衣人已经缓过神来，毫无投降的迹象。也不知是什么时候，他拿出了一支微型手枪。

“既然被你看见了我的真面目，那你也别想活着跨出这个房门。怎么样，明白了吧？”

啊，太可惜了！绿衣人无路可逃，老人本来胜利在望，只差一步就可擒拿绿衣人。不料形势急转，老人从优势变成劣势，而且生命危在旦夕。此刻，老人开始不停地后退。

砰！

终于，枪口喷出了火花。

老人的睡衣上出现了圆圆的黑点，渐渐地黑点被染成红色，向着四处蔓延。

白色胡子在微弱的灯光下左右颤抖，接着，老人直挺挺地倒在床上，手上还紧紧地握着绿衣人的假发套。绿衣人一不做二不休，走到尸体身边一把夺过假发套戴在自己头上，“嗖”地朝窗那里跑去。

红色窗帘大幅度地摇晃，转眼间，绿色身影消失在伸手不见五指的黑暗里。紧接着，不知从哪里传出让人厌恶的笑声。

与此同时，走廊上响起脚步声。被枪声惊醒的佐助，一把推开房门闯进房间。佐助一眼瞧见主人躺在床上的身影，刹那间明白了一切：主人被打死了！他怀着悲痛的心情一步一步走去，主人睡衣的胸口部位被血染红了。

“先生，先生，快醒醒！”

任凭佐助怎么叫喊和使劲儿摇晃，老人都没有反应。

“不好啦，出事啦，快来人！快，快！”

佐助声嘶力竭的叫喊声，震撼了整个夏目别墅。

然而，也许大家白天都很疲劳正在熟睡的缘故，没有一个马上赶来的。

“山崎君，快来呀！”佐助冲到走廊上连续叫喊。

首先被喊声惊醒匆匆赶来的是警察，其次是佐助的妻子。又过了一会儿，山崎身着睡衣跑来了，大家聚集在老人卧室门前。

“怎么回事？”

“主人夏目菊太郎先生被打死了，是被绿衣人打死的！我确实听见了绿衣人的笑声，现在，他已经朝外面逃走了。”

警察听佐助这么一说，急忙闯入房门敞开的老人卧室。

山崎也跟着闯进房间。

小林芳雄和世本芳枝听到楼下有喧闹声，赶紧从二楼跑到一楼。

“喂，佐助君，夏目菊太郎先生呢？怎么不见啦？你过来！”卧室里，传来警察气急败坏的叫声。

“什么，你说什么？夏目先生不就在房间里吗！”

佐助气呼呼地跑进卧室，正要举起手朝床那儿指去。

“咦？”

佐助大声惊叫：“不在？我确实看到他躺在床上，奇怪！这……”

# 回 马 枪

佐助不可思议地一边喃喃自语，一边在房间里奔来跑去地寻找。他猛地停住脚步掀起窗帘，没有！又突然蹲在地上窥视床下，可是，连老人尸体的影子也没见着。

“喂，佐助君，到底发生什么了？你是不是在梦里见到的？”

站在卧室门口的山崎说完按了一下开关，于是，天花板上的电灯亮了。整个房间亮如白昼，可房间里没有老人的身影。

“你说我是梦里见到的？怎么可能！我确实用手摸过主人的身体。”

佐助呆滞的目光在房间里环视了好一会儿，突然指着床边地毯说：“看，你们快看那个！看见了吗？这是最有力的证据，那血是从主人胸部伤口流出的！”

大家听佐助这么一说，便朝那里靠近，端详着佐助手指的地方。果然有血！地毯上，沾有已经渗入地毯里的血迹。有人用手指蘸了一下，红色液体粘在手指上。

从佐助发现尸体到大家赶来这里，顶多也只不过一两分钟的时间，可杀人如麻的凶手已迅速隐匿了尸体。

“大概是那个窗户！”

警察跑到窗前掀起窗帘，发现玻璃窗半敞开，外侧的百叶窗已经损坏。

“喂！”

警察把脑袋伸到窗外，朝站在别墅拐角对面保护世本芳枝的另一名警官嚷道：“那家伙砸坏这扇窗潜入老人卧室，杀害了夏目菊太郎，又抱着老人尸体从这里跳窗逃走，你难道没看见？”

“什么，那家伙？奇怪！我怎么一点儿也没有察觉？”

他说没看见也不无道理。因为，他站的位置主要是监视世本芳枝卧室的动静，与这里有相当一段距离。加上拐角挡住了视线，一眼看不见这窗户。

两名警察、山崎和小林芳雄依靠手电灯光，花了整整一个小时拼命搜寻，可最终什么也没有找到。

接到警察的紧急报告，当地警署署长亲自带着两名便衣警察赶来了。

他们对现场有关人员一一展开讯问，再和大家一起聚集在老人书房里，就下一步保卫老人唯一亲人世本芳枝的防范措施进行了讨论。

根据商定，世本芳枝的床被从二楼移到一楼书房里。她是夏目菊太郎的亲人，是老人财产的唯一继承者，也是警方目前的重点保护对象。

再说，继续让世本芳枝待在二楼房间里养病也非常危险，而小林芳雄和山崎的主要任务是保护她，两个人应邀全程参加了讨论。

以警察署署长为中心，大家围成一圈坐在老人的大写字桌周围，个个神色木然，不知如何是好。

“咦，明智大侦探怎么不在这里？”警察署长忽然想起少了这么一个重要人物，望着小林芳雄问道。

“是啊，先生说有关这起案件的一些情况需要去东京调查，今天早晨回东京去了。唉，如果先生在的话……”

小林芳雄从一开始就后悔极了，在说最后一句话时使出了全身力气。

“什么，去东京了？真是一个怪侦探！他的那种侦查方法，就连我们这些内行也无法理解。”

署长把小林芳雄的话弹了回去，不满意地嘀咕了一句。

“你可能对明智先生不了解，我在他身边当了多年助手，非常清楚他卓越的侦查能力。对这起案件的来龙去脉，他已经了如指掌，对凶手炮制阴谋的动机、手法和行动步骤，已经掌握得一清二楚。”

“嗯，明智小五郎的侦查手腕我早就听说了，在东京警视厅和侦探界里他也算大名鼎鼎的人物。可不管怎么说，眼下这种时候回东京不太合适吧，似乎忘记了自己肩负的重大责任。

夏目菊太郎被杀，而且尸体失踪，这一重大责任，我看完全应该由明智小五郎承担。”

“先生他具有卓越的思维能力和敏锐的洞察力，我们没有考虑到的，他都已经考虑到了。因此，虽然有人说先生的东京之行不可思议，但他要我们大家深信，他绝不会空手而归。因此，先生说去东京，可究竟是否真去了东京，我仍然觉得是问号。先生在侦查上惯于采用迷惑战术，我是清楚的。也许，先生已经听到我说的这番话了。”

小林芳雄对自己的老师深信不疑，绝不容许任何人玷污先生的形象。刚才，警署署长说要追究先生的责任，他不高兴了，极力为先生辩护。

就在他刚说完这番话的时候，好像显神灵了，大家背对着的房门“吱”地一声开了，一个身着黑色西装的瘦高个男子步履轻盈地走进房间。

“啊！”

听到响声扭过脸望着房门的小林芳雄不由得大声嚷道。

大家的视线一齐投向这位不速之客，当看清楚来者是谁之后，人人脸上显现出非常吃惊的神色。

“哎，这不是明智先生吗？”

警署署长目瞪口呆地望着，瞬间恍然大悟似的喊道。

站在门口的，千真万确是那个说去了东京的明智小五郎。

他没有说话，用眼神向大家行礼后径直朝大书桌走来。

那里是比较中间的位置，放有一张大沙发。

明智小五郎坐到那里的椅子上朝大家扫视了一眼，片刻才开口说话。

“对不起，让大家受惊了！我中止了东京之行，刚回来。”

“夏目老人被子弹打中了，现在连尸体也不见了！”

署长坚持自己刚才的观点，想要追究明智小五郎临阵逃脱的责任。

明智小五郎听了署长这番话，脸上没有吃惊的表情，笑盈盈地点点头：“嗯，我已经知道了，事实上我就是等着这一时刻，可以说，我是愉快地等待着这起事件的发生。好了，凶手绿衣人已经钻入我布下的口袋里了。”

小林芳雄从刚才一见到先生那时起，就满心喜悦，为自己也为先生感到自豪。可没想到先生说出这番骇人听闻的话，顿时，他像泄了气的皮球垂头丧气。

夏目菊太郎被杀害的一天，却是先生盼望的一天。这先生到底怎么啦？就是再气愤，也不该说这番话！

就在刚才，那位署长还责怪先生，何况还有沉浸在悲痛里的夏目老人唯一的亲人世本芳枝。他俩都在这里，可明智小五郎无视他俩的存在说出这样的怪话，简直令人难以置信。

小林芳雄不由得扫视了大家一眼，着实担心大家有可能轰先生出去。

署长脸上的表情极不愉快，警察们由于紧张而脸色铁青，佐助夫妇俩哭丧着脸。明智小五郎的那番话刚说出口，大家的目光一齐投向他。

山崎那张英俊的脸，在灯光下显得冷冰冰的，像蜡像那样。

小林芳雄扫视了大家一眼，把目光投向明智小五郎。

明智小五郎的嘴角上挂着令人难以捉摸的微笑，饶有兴趣地比较着每个人脸上不同的表情。

# 结　论

很长的一段时间里，没有人说话，大家都十分沉默。

“明智先生，听你刚才的说法，似乎已经掌握了什么确凿的证据？或者说，你已经知道了凶手目前盘踞的大本营？”署长终于憋不住长时间的沉闷，眼睛瞟着明智小五郎，率先开口问道。他的声音颤抖，语气里夹杂着气愤。

“对，对，是像你说的那样。”

明智小五郎镇定自若地答道，脸上依然浮现着微笑。

房间里笼罩的是让人感到压抑的不和谐气氛。除署长和明智小五郎外，其他人都满脸困惑，但视线都朝着明智小五郎和警署署长，希望能一眼看出他俩的心思。

少顷，明智小五郎笑眯眯地说：“署长先生，从一开始，也就是从东京代代木世本静夫凶杀案开始，你对案情就了解得很清楚。其实，只要详细而又认真地研究案情发展过程，绿衣人一案就不难侦破。从世本静夫凶杀案发生到今天，你是否感觉到了什么？”

“嗯，我是今天来到这里后才详细知道了一些。此前发生的情况，我并没有投入很大精力研究和分析，因而没有感觉到什么。我做了许多假设，也苦思冥想过，但最终都被我自己否定了。因为，这些假设虽条件具备却自相矛盾，不过……”

署长说这番话时语气里含有敌意，脸上的表情似乎在说，你充其量不过是一个侦探，又能有多大能耐。

“不过什么呢？”明智小五郎的嘴角上又堆起笑容，似乎没有把堂堂的署长放在眼里，继续追问。

署长一听这话，敌意更大了。

“不过，我有一个成功的假设……其实，是让大家吃惊的假设。明智先生，就是像你平日里说的那样，是前所未有的犯罪手法。采用我这样的假设，无论用在哪一起案件上都不仅合理也不会有丝毫的自相矛盾。”

署长竟置自己身份于不顾，趾高气扬，目光直勾勾地盯着明智小五郎的脸。

“怎么样，大家觉得有趣吧？这会议是为征求大家意见而召开的，我想请教一下你的假设，希望详细介绍一下。”明智小五郎毫不畏缩，紧紧盯着警察署长。

“我看这样吧，还是我先向你提问好吗？如果你觉得可以说的话，这可能是一个非常出乎你意料的提问。请问，可以在这样的会议上提出吗？”署长不知何故居然变得慎重起来。

“当然可以，像这样的会场，就是交换意见的场合。不要有顾虑，请说说看！”

署长早已按捺不住了，出于自己的身份，既不能图嘴巴一时痛快，更不能信口雌黄。即便被误认为像幻想小说，也坚信这样的假设是成立的。他确信，自己的假设是侦破本案唯一的正确推理。

他豁出去了，滔滔不绝地说了起来：“好，我现在就说说我的假设。成为我这假设出发点的，是几天前在这座别墅里发生的情况。首先我觉得不可思议的，是明智先生。大家都在为这起案件倾注心血展开调查，竭尽全力保卫芳枝小姐，可你倒好，瞒着大家偷偷潜入地道。

“你不仅化了装，头发还染成赭色，在脸上画一道伤疤，化装成凶手模样。你来这儿的目的是为了抓凶手吧？可要达到这样的目的，就非得化装成凶手吗？你使用这样的侦查手法，无疑是想让我们这些内行相信你是一个大侦探。其实，我说句不好听的话，你连干我们这行的常识都不懂。明智先生，请你先回答我这个提问。”

“要完整回答你这个提问，不是三言两语就可以说清楚的，因为，这里有纷繁复杂的理由。不用说，不知道该理由的人，目睹我这样的行为可能会觉得不可思议。因此，要我回答这一问题，如果不按顺序解释，别说大家，就连你也不会明白。”

“理由再复杂，总不会说不清楚吧！”

“这倒也是，不过关键是不适合在这样的场合回答。”明智小五郎一口拒绝了署长的要求。

“那我举一个假设，可能是瞎猜疑……”

“你说什么，瞎猜疑？太有意思了，快请说出来！”

“当时，凶手最终还是逃之夭夭了。警方虽进行了仔细搜索，可地道里的另一个出口，只通向别墅高地的半山腰那里，也就是凶手能逃走的唯一的那条路。搜查那个出口的时候，我想，那里的情况你是最清楚的。出口周围的泥土非常松软，只要凶手不是飞禽，就一定会留下脚印。可那一带除了你和小林君的脚印外，没有第三串脚印。也就是说，凶手绿衣人像烟雾那样消失了。”署长咬文嚼字地说着。

“一个大活人能变成气体或者插翅飞走，别说我，就连在座的大家恐怕都不会相信。无疑，这里肯定设有超出我们意料的圈套。为此我思考了许久，忽然我想到一样不可思议的东西，是什么？其实，是一面放在你箱子里的镜子！正方形，三十厘米左右，那面用于化装的镜子。”

“喂，你怎么能不声不响地打开我的箱子检查？”明智小五郎惊奇地大声问道。

“哦，这是出于我的职业需要。我觉得那里面肯定放有用于化装的镜子，我还想知道那面镜子的大小。你自己太大意了，没有给箱子上锁。”

那语气似乎在说，你不信可以自己去核实。

“我暂时不想追究你检查我箱子的动机，我要问的是，从那面镜子里你发现什么奇迹了？”

“哦，我发现奇迹了，夏目别墅下面的地道里没有凶手绿衣人。你知道我说的是什么意思吗？你左手持镜子右手持手电，只是用来照自己的脸而已。你立刻熄灭手电，是因为估计到身后有人跟踪。你非常清楚，跟踪人在背后什么位置。如果为了让身后的人看见而故意把镜子角度对准自己的脸，会是什么样的结果呢？也许你是向身后那些人示意，瞧，绿衣人成了一对！你这鬼点子太新奇了！”

“署长先生，照你这么说，明智先生当时在自编自演独角戏？”小林芳雄深感震惊，大声问道。

“是的！另外，明智先生示意地上没有任何其他人的脚印，让大家深信绿衣人擅长突然间消失的魔法。”

“不管你怎么说，明智先生不可能那样……”

“你还不明白？明智先生想让我们大家相信，除他以外有一个真正的绿衣人。”

“署长先生，请暂停一下你的演说。照你那么说，凶手当时不在地道里？倘若按你的说法推理，那请你说说看，绑架芳枝小姐的凶手到底是谁？”

小林芳雄希望这个乡村警署署长尽快冷却发热的头脑，忍不住又插起话来。

“不用说，地道里当时有凶手！只是两个绿衣人的判断是错的，真正的绿衣人只有一个，另一个绿衣人在镜子里。没有凶手，案件就不可能发生。诸位，我已经费尽口舌说到现在，凶手是谁，想必大家明白了吧？”

署长紧盯着明智小五郎的脸，没有继续往下说。

刚才还是脸色白净的署长，由于血压骤然上升，脸变得红通通的。

“哈哈……你说我是绿衣人？哎呀，真叫人啼笑皆非！你把我推断成凶手，简直是异想天开。你的这一推断，将成为你一生逗大家笑的话柄。你的高见，给我留下美好的回忆，但是，你列举的那些理由太站不住脚了。”明智小五郎捧腹大笑，随后答道。

“明智先生，你是要我出示证据吗？那好，迄今为止有关你的一系列举动，我掌握得一清二楚。今天傍晚，你出于什么需要化装成绿衣人的？还有，你为什么潜入芳枝小姐的卧室？幸亏我的一个部下因为有事赶到那里碰上了你，你才不敢下手。否则，芳枝小姐现在就是另一个世界的人了。”

“什么，竟然有那种事？”山崎突然插嘴问道。

刚才说的，都是在座的人根本不知道的事情。大家瞪大眼睛，不可思议地望着明智小五郎和署长。

“明智先生要我的部下守口如瓶，不准说出碰见他的情况。本来，我是打算保密到最后再说，可现在看来必须尽快公开。像这样的人证，最清楚不过了。”

署长说完回头看了一下那个警察，示意他说。

警察的表情显得特别紧张，开口说道：“那是天色快要黑的时候，我正巧有事便拜托正在外面布控的同事，自己则进入芳枝小姐的卧室。这时，小林君正好去了自己房间，说是取报纸什么的，也不在现场。

“我顺手推开芳枝小姐的卧室，发现白色床上的病人枕边站着一个人。我朝他瞟了一眼，居然是绿衣人！大家知道，小林君卧室就在芳枝小姐卧室的隔壁，可他离开就这么两三分钟，这间隙却被绿衣人盯上了。

“当时，我由于过度紧张没有出声。突然，绿衣人转过脸来望了我一眼，转眼间一阵风似的穿过门口，从我的腋下蹿到走廊上。

“这时我才缓过神来，迈开大步追上去，从背后抱住他。出乎意料的是，绿衣人没有反抗。

“顿时，我勇气来了，打算拉开嗓门喊人。可被我抱住的绿衣人对我说：‘别喊，别喊，千万别喊！’声音非常耳熟，我好像在哪里听见过。

“我不由得‘哦’了一声，随即问他是谁。他说：‘是我，是我啊！’一边说一边拽下脑袋上的假发套，又把手放在脸上一拧，于是，脸上的那条伤疤被撕了下来。原来，那也是假的。

“没想到，他居然是那个我一直以为去了东京的明智大侦探。他当时又对我说：‘知道了吗？嘘！别叫我的名字！’当时，我俩所处位置距离芳枝小姐的卧室比较远，二楼走廊上又没有任何人，只要我守口如瓶，不会有第二个人知道。

“我问他：‘你没有去东京？’

“他说中途停止了东京之行而返回这里，是有原因的，这原因明天解释。他还让我别对任何人说，我俩在这里见面的事也别说，要装作若无其事的样子。他还一再叮嘱我别忘了！

“这些话，他连着叮嘱我好几遍。明智大侦探这么做肯定有其道理，无疑也是出于侦查工作的需要。我想到这里也就决定为他保密，可不管怎么保密，绝不能瞒着署长。

“向上级如实报告，是我们下级应尽的义务。于是，我把这一情况经过如实报告给了署长。”

警察在最后加了这么一句深得上司喜欢的话，结束了长长的证言。接着部下的话，署长做了补充说明：“当时，模仿凶手绿衣人的明智先生探出上身，双手围成圆弧形状要掐躺在床上的芳枝小姐的脖子，我说的情况是否真实，请大家听芳枝小姐介绍吧！”

于是，大家的视线一齐移向床上的世本芳枝。她半卧半坐地躺在床上，有气无力地说道：“署长说的都是实话。我做梦也没想到，明智先生竟然居心叵测。”

“明智先生撒谎说去东京，可实际上悄悄返回这幢别墅实施罪恶勾当。当然，他在实施罪恶计划前必须蒙骗我们。明智先生，我没说错吧？”

署长说完，以胜利者的姿态挺了挺胸膛，神气活现地环视了大家一眼。

“我在检查明智大侦探那只随身携带的箱子时，不用说，发现那里面既有绿色服装也有假发套。小林君说，明智先生侦查案件时经常化装成嫌疑人，说其化装理由是为了研究嫌疑人本身的作案心理。现在，与其相信那些啰唆的辩解，倒不如说明智就是绿衣人，这种判断也许是正确的。正因为明智是绿衣人，所以才常常化装成与嫌疑人相同的模样。”

署长说到这里，用蔑视的目光望着明智小五郎，似乎在说，怎么样？

“其实，像这样作案手法离奇、贼喊捉贼的大案，正如明智本人嗜好的口头禅那样，在犯罪史上从未有过。但是，只要化解这一奇怪现象，迄今为止的所有疑问也就迎刃而解。迄今为止无法解开的矛盾，也就一下全部化为乌有。要解释本案很简单，嫌疑人就是侦探。嫌疑人扮作侦探，玩弄贼喊捉贼的把戏，像这样的案件，永远不可能抓住真正的凶手。”

署长得出这番出人意料的结论，整个现场变得鸦雀无声，似乎连呼吸声也消失了。

# 实 验

小林芳雄怎么也不相信署长那番毫无根据的推理，始终坚信明智先生是好人，绝不是什么嫌疑人。他那双放在膝盖上的手，由于无比愤怒而不停地发抖。

“先生，你为什么不说话呀？快把你的正确推理和迄今为止掌握的证据向大家公开不就行了吗？为什么偏偏……”小林芳雄咬紧牙关极力克制内心的激动，瞪大眼睛望着明智小五郎。

令他感到意外的是，明智小五郎此刻的表情比在座的任何人都显得冷静，嘴角上依然堆满了笑容。他那种神情似乎在告诉大家，署长说的不是我，不仅如此，他还不停地观察周围的人。

“太妙了，简直是超水准的推理组合！我听得入迷，险些忘记了自己！不过，我只是把你的这番推理当作一本精彩的小说。”

“好，你如果想推翻我的观点，就请说说你的理由。我既然作出那么严密的推理，就绝不是凭空想象。瞧在座各位的表情和眼神，可以说完全站在我这一边，因为，我的推理证据确凿充分。”

“我承认我的举动像你说的那样让人感到可疑，但那样做是有道理的。”

“那好，请你说说这些道理好吗？我希望你多举一些有说服力的实例，推翻我刚才列举的疑问。”署长紧追不放，执意要求明智小五郎解释。

“行，我可以全面解释，推翻你的主观想象，公开本案真相。我赶来参加会议，就是为这个。因此，用不着你说，我也会发表我的观点。不过说来话长，也比较复杂，而且必须按照顺序说。我首先要说的话，是为了消除你的误解……是啊，例如换一种思维方法思考会怎样呢？”明智小五郎说道，表情镇定自若。

“例如前几天，芳枝小姐被歹徒从这个书房强行带走，也就是说，她遭到绑架被关进地道。那起绑架事件是晚上十点发生的，小林君，你是什么时候接到夏目先生电报赶到侦探事务所找我的？”

“是案发第二天上午。”

“大家仔细计算一下，从案发到发电报再送到我手里的时间，只有十二三个小时。怎么样，大家明白我请大家计算时间的意思了吗？”

明智小五郎缓缓地扫视大家一眼。

“假设我是绿衣人，从这个交通极其不便的K町回到东京，至少需要十二三个小时。还有，从夏目别墅到T车站必须乘坐汽车，即便加大马力行驶也需要四十五分钟。

“另外，歹徒将芳枝小姐从书房绑架到地道也需要一定时间。一路上就是风驰电掣，到达T车站时至少是半夜十二点！

“晚上十点一过，T车站就没有列车了，如果换一种交通工具，乘坐从T车站到大阪的汽车，那么到达大阪的时候肯定是次日拂晓。接着，我再从大阪坐车于正午前赶到东京？也就是说，从时间上根本不可能。”

“原来是那么回事，我明白了，明白了啊！如果我们还没有发明飞机，你编造没有作案时间的谎言也许能蒙混过关。”署长用讽刺的语调回敬明智小五郎。

“喂，喂，你想到哪里去了！”

明智小五郎丝毫没有慌张，用安慰和调侃孩子似的语调说道：“说到乘坐客机，我想你应该知道，中午前到达东京的航班是没有的。即便有这样的航班，从羽田机场到我家也需要一定时间。照你这么说，歹徒，不，也就是我，不得不雇用民间飞行员。

“如果这样，不用说，从T车站飞往大阪必须从这附近的海上起飞。倘若这么做，就时间来说，不仅完全来得及，而且还很充分。

“可是，即便时间上合乎逻辑，心理活动方面也必须合乎逻辑。如果我是凶手绿衣人，难道会把那么重要的芳枝小姐扔在地道里不管，而自己回到遥远的东京？

“再说，我这个被假定的歹徒，事先并不知道夏目先生会打电报和小林君会赶到侦探事务所，为什么要煞费苦心地返回东京？理由呢？”

易于理解的解释，有着充分的说服力。此时此刻，明智小五郎脸上的表情越是镇定，署长的心情越是激动……

或许情绪过度激动，他居然板着脸、粗着嗓门叫喊起来，忘了自己堂堂警署署长的身份。

“什么？你这个浑蛋私家侦探！你为什么从东京来这里？”署长由于成见，越发觉得明智小五郎在有意岔开话题。

“你说心理活动什么的，转弯抹角地解释了一大堆，可你那些解释言之无物。希望你用事实说话，彻底消除我和大家对你的怀疑。怎么样，听清楚我的要求了吗？昨天傍晚，你为什么潜入芳枝小姐卧室并且企图掐死她？你能否就这一事实解释一下！”

明智小五郎究竟如何解释这一对他极其不利的事实呢？

小林芳雄使劲儿克制着自己剧烈的心跳，眼睛一眨不眨地盯着明智小五郎，着实为他捏着一把汗。

“解释我的行动，需要比较长的时间。所以在直接回答你的疑问前，我想从我的推理说起，说完再恳求大家的批评。”

佐助为了缓和紧张气氛，赶紧上厨房为大家端来热气腾腾的咖啡。

大家呼地松了一口气，喝完咖啡重新坐到椅子上听明智小五郎解释。

“首先，我请大家回忆一下本案凶手出现的所有场合。

“根据统计，凶手不直接出现而只出现影子或者发出声音，一共有六次。其次，凶手只露出西服颜色并从身后殴打大江君以及出现在望远镜里，一共是两次。凶手以这样形式出现，先后一共有多次，可由于类同，我就算作两次，加上凶手在水族馆、S村海岸、夏目别墅树林和地道里各出现一次，一共是六次。

“凶手这么多次出现，可仔细分析一下，有时光线暗得看不清楚，有时距离远非常模糊，就连凶手的长相我们都没能看清楚。

“凶手一共出现十五次，只让我们看见影子和模糊脸型的居然占了十二次。如果说它是偶然，数量比例过多了一点儿，究其原因，凶手尽管胆大妄为，可他不希望自己的脸清楚地暴露在作案现场。

“凶手清楚地现出整个脸，在十五次里仅占了三次。第一次，是绑架芳枝小姐，不用说，那次能看见凶手长相的，只有芳枝小姐本人。是这样吧？第二次，凶手出现在港口宾馆。那一次，凶手向宾馆店主和服务生以及司机暴露了自己的脸，而且大大方方毫不掩饰。

“凶手认为，在宾馆店主和服务生面前暴露长相，构不成任何威胁。当小林君他们来到那家宾馆时，凶手出现的只是影子，而且瞬间无影无踪了。

“由此可见，凶手有两种非常矛盾的心理：一是极度害怕在别人面前暴露自己的脸；二是始终不忘在别人面前展现绿色服装。凶手这两种心理，构成我推理的第一步。

“那么，这矛盾究竟意味着什么？这只能有一种说法，凶手不是社会上传说的夏目太郎，而是一个与夏目太郎完全不同的人。为了化装成夏目太郎，不得不常常穿绿色服装，不得不把头发染成赭色而且梳理得乱蓬蓬的。不用说，头发是假发套。凶手害怕其化装被人识破，经常以影子形式出现，或者在黑暗里出现。

“根据这条线索向纵深推理，我们就不难解决本案里的另一个矛盾，即凶手为什么要那样残酷杀害始终挂念自己的亲生父亲。可见，凶手不是夏目太郎，夏目菊次郎也不是凶手的父亲。所以，在凶手看来，夏目菊次郎既不是父亲也不是其他什么亲人。

“既然凶手不是夏目太郎，那么，夏目太郎又在哪里？真正的凶手又到底是谁？他是我们熟悉的还是我们不熟悉的？出现在我们面前的，是这样的疑问。

“那凶手到底是不是我们熟悉的人？识别他有一个办法。首先，我举一个仅出现影子的例子。

“在银座大街上见到影子的，是芳枝小姐、小林君和大江君。在世本别墅里见到影子的，是世本君、芳枝小姐和大江君。

“在世本别墅里再次见到影子的，是小林君和大江君。在港口宾馆里见到影子的，是小林君和中村警长。

“在我们现在开会的这个书房里见到影子的，是夏目菊太郎先生、芳枝小姐和山崎君。

“凡是我们认识的与这起案件的有关的人，都见过绿衣人的影子。

“坐在这里开会的人中间，小林君、芳枝小姐和山崎君都见过绿衣人的影子。绿衣人每次出现时，似乎都必须有那么几个人在旁边，这是不可抵赖的事实。

“一般来说，看见影子的人，不可能是制造影子的人，谁都会这么想。诸位，你们可能也是这么想吧！果真是那么回事吗？”

明智小五郎说到这里没有继续往下说，而是迅速扫视了大家一眼，脸上浮现出令人不解的微笑，似乎为自己藏着什么秘密感到高兴，好长时间没有说话。又过了片刻，他才继续说道：“诸位，我要明确告诉你们的是，不是那么回事！这是一个高智商的歹徒，为制造凶手是陌生人这一假象，绞尽脑汁。

“现在，我希望与大家共同研究一下影子问题。最先出现在银座的影子，确实是动的。接着出现在从银座到世本别墅回家路上的影子，据说嘴唇是动的。也就是说，这两个影子都是活动的。

“还有出现在世本别墅客厅窗上的影子，到底是不是动的？发出笑声时，脑袋动过吗？小林君，当时那影子是怎么样的？”

“不是很清楚，可我觉得几乎没有动弹。”

“再接下来，是凶杀案发生后出现在世本别墅窗上的影子。请说说当时影子的情况。”

“影子出现只是一瞬间，可的确是动的，逃出窗外时也很清楚。”

“其次是出现在港口宾馆里的影子，当时又是怎么回事？”

“影子的动作频率很高，每笑一次身体就前后晃动。”

“原来如此。现在，剩下最后一个影子，是映照在我们现在开会的书房窗玻璃上的影子。影子当时出现的情况，请山崎君回忆一下！”

“是动的，动作频率也很高。”山崎回答的声音很干脆。

“是真的吗？你肯定产生错觉了。按理说，那影子没有动……”

“确实是动的……可是，先生，你怎么知道那影子没有动？”山崎不可思议地问明智小五郎。

“我这样说是有道理的。你听好了，山崎君，你和我的说法到底哪个正确，不妨做一个实验来证明。这实验十分有趣，请在座各位仔细看好了！”

明智小五郎脸上显现出意味深长的笑容，环视了大家一眼。

这到底是什么实验？大家不约而同地咽了一口唾沫，像小学生那样望着明智小五郎。

猛然间，明智小五郎站起来，把自己坐的那张椅子移到旁边，用手指着下边的地毯说道：“这地毯下边装有微型开关，粗看很难看清楚。我坐在椅子上可以用脚按开关，像这样的脚上动作，大家丝毫不会察觉。好，我开始做实验。”

明智小五郎把椅子挪到原来位置，再坐到椅子上。

“大家注意看了吗？瞧……”

喊声响起的同时，灯光熄灭了，书房里漆黑一团。无疑，明智小五郎用脚按动了地毯下的电源开关。

黑暗里，大家很自然地把视线投向面朝院子的窗上。

咦，这是怎么回事？院子路灯灯光照着的玻璃窗上，映照出一个清晰的黑影。无疑，是绿衣人的黑影！

蓬乱的头发，下摆开衩的长袍。是他！就是凶手绿衣人！

影子伫立在窗上一动不动的，就像明智小五郎说的那样，酷似不会动弹的蜡像。虽没有动弹，却传来笑声。

声音低而嘶哑，笑声怪而恐怖。

处在黑暗中的人们虽说已经明白影子受机关控制，可听到可怕的笑声，还是不由得全身上下起满了鸡皮疙瘩。

笑声犹如来自地狱，断断续续的，在黑暗里回荡。

# 解　　谜

性急的刑事警察呼地从椅子上站起，摆开要朝窗前猛扑的架势。

“别过去！那里什么也没有，仅影子而已。请大家仔细看好，它像剪纸那样根本就不会动弹，是吧？如果是活人，一点儿不动是不可能的，我想大家同意我的看法吧！”

经明智小五郎这么一解释，原来站起来要朝那里猛扑的警察也和大家一起注视着影子。果真像明智小五郎说的，影子跟蜡像一样根本就不会动，原来，这不是真人的投影。

看来，窗下应该竖有影子模样的蜡像。

“山崎君，你觉得不一样？你曾经见过的那个影子，不就是这样的吗，难道我说错了？”

山崎似乎无话可说。

“诸位，你们大家看明白了吗？影子不会动，因为那不是真人的投影。”

明智小五郎这样说着，移开踩在地板上的脚。啪！房间里的灯亮了。

与此同时，窗上的影子也瞬间不翼而飞了。

“哈哈哈……就像大家看到的那样，是极其简单的孩子游戏，说出它的秘密也就没什么奇怪的了。它是什么？是幻灯投影。在院子茂密的树林里藏有一架幻灯机，将电源从这里通过电线与幻灯机连接。脚一踩开关，房间的灯就灭了，与此同时，树林里幻灯机上的灯亮了，绿衣人的图案便通过放大镜扩大，被灯光射到玻璃窗上，影子绿衣人就这样诞生了。署长先生，你是否搜查一下树林以证实我说的是否正确？”

听完明智小五郎的解释，大家对凶手采用哄骗孩子的幻灯魔术感到吃惊，目瞪口呆地望着明智小五郎，可心里还是半信半疑。

这起轰动日本的大案，难道真采用了幻灯把戏？不会动弹的影子，仅仅发生在世本别墅。出现在其他场合的影子，不都是活动的吗？明智小五郎会不会说那是电影效果呢？

署长命令两名警察立即去院子树林搜查。

此时此刻，明智小五郎像在监视什么，眼睛滴溜溜地在亮堂堂的书房里转来转去。

“明智先生，我虽还不很明白你的解释，但如果刚才的影子真是幻灯效果，那笑声从哪儿来？不会来自录音机吧？”

署长刚才那股咄咄逼人的气势，不知怎么消失殆尽了，瞠目结舌地望着明智小五郎的脸。

“哦，你是说声音？其实，那也很有趣。绿衣人具备了作为凶手的所有才能，我这样评价他是很客观的，只是凶手可以骗其他人但骗不了我。在我这里，他的那些聪明才智不起任何作用。为什么？就像你刚才说的那样，我本身也具备他那样的才能。”

明智小五郎说完闭上嘴巴不说话了。这时，不知从哪里传来不可思议的笑声，与绿衣人那令人作呕的笑声一模一样。

大家惊愕地环视整个房间，片刻，笑声由强减弱，由近渐远……消失了。

明智小五郎张开嘴巴，这一回是他放开嗓门大笑。

“哈哈……这起案件，凶手采用了幻灯机和腹语术等许多手法……”

“什么，腹语术？”署长惊慌失措地盯着明智小五郎的嘴角。

所谓腹语术，是不用张嘴就可说话的魔术，而且声音传出的方向十分模糊，给人来自天花板的感觉。听者如果觉得声音来自窗外，脑海里便会产生声音来自窗外的错觉。判断声音传出的方向，只不过是根据听者的想象。

“哼！照这么说，刚才的笑声是从你腹部传出的？”

“是的，我跟魔术师学过腹语术，当然是为了与凶手较量。五年前，我曾有一次就是用腹语术抓住凶手的，成功地侦破了一直未被警方侦破的疑案。因此，我虽没有直接听到过绿衣人的声音，但我听到过其他来自腹语的声音。我猜测绿衣人可能使用了腹语术，刚才只是试了一下而已。无论谁使用腹语术，发出的声音都基本相似。”

“那么说，凶手像刚才那样将影子映照在窗玻璃上，而后在房间里用腹语术发出笑声，是这样的吧？”

“是的，当时房间里被恐怖气氛笼罩，人们想当然觉得声音来自影子。”

“照这么说，世本别墅也好，现在的这个书房也好，凶手都在房间里？”

“是的，两次都在房间里！”

这时，去院子搜查的警察回来了，手上拿着从那里搜到的战利品幻灯机。

“怎么样？”

“嗬，我还真吃惊不小！就这玩意儿，放大镜下面这小不点儿的绿衣人图案，就是怪物的真相！”

署长从部下手中接过微型幻灯机，打量着那张小纸片。

明智小五郎继续说：“凶手为什么使用这么烦琐的道具，你们有谁想过吗？其实，他是为了制造凶手本人不在现场的假象，说穿了，是伪造第二现场。他和大家待在同一室内，将幻灯投影射在窗玻璃上，用腹语术制造笑声给大家听，请大家证明凶手不在室内。制造这样的假象，无疑能巧妙地蒙骗大家。”

“这么说，凶手……”署长焦急地问道。

“好，我们大家来考虑一下署长提出的这个问题。”

明智小五郎显得更加冷静，眼睛里射出两道冷峻的目光，慢吞吞地说："在这幻灯投影出现时的目击者中间，从客观上说混有真正的凶手。在世本别墅出现幻灯投影的时候，目击者是芳枝小姐、小林君、大江君和已故的世本君。在这个书房里出现这幻灯投影的时候，目击者是芳枝小姐、山崎君和已故的夏目菊次郎先生。

"在他们中间，两次均出现的目击者只有芳枝小姐一人，她既是本案受害人，又是绿衣人的目击者。倘若减去她，目击者也就一个不存在了。哈哈……也就是说，这些目击者中间肯定有凶手。如果说不包括芳枝小姐，便产生现场没有目击者的矛盾。诸位，精彩在这里，恐怖也在这里。"

房间里谁也没有提问，都紧张地聆听明智小五郎的演说。

"诸位，只要解开凶手为何要煞费苦心把画家尸体藏在银行金库之谜，这矛盾就可不费吹灰之力地迎刃而解。当时，世本静夫被害一案谁都清楚。按理说，藏匿这样的尸体毫无意义。尽管那样，凶手还是费尽心思隐匿尸体，可见，肯定有重大理由。诸位，我说到这里，想必大家已经明白，重大理由只有一个。"

室内除明智小五郎的声音外，没有一丝其他声音。

就在这时候，传来咯噔一下奇怪的响声，一个小玻璃瓶滚落到山崎的椅子下边。可注意力全集中在明智小五郎脸上的各位听众，谁都没有注意到这轻轻的响声。山崎慌慌张张地弯下腰拾起了瓶子。

"理由就是，被杀害的不是世本静夫。为保住这一秘密，凶手隐藏了尸体。那么，被杀害的是谁？假设有确凿证据证明绿衣人不是夏目太郎，结果会怎样呢？也许更合乎逻辑吧。如果我们认为尸体不是世本静夫而是夏目太郎，结果又怎样呢？

“凶手杀害了因喜欢芳枝小姐而拜访世本别墅的夏目太郎，给尸体穿上世本静夫的服装后放在书房里，等待大江君从锁孔朝书房里窥视。大江君没能看清楚尸体的脸，而是从尸体衣服认定死者是世本静夫。

“让大江君充当证人，是凶手的目的。大江君破门而入打算核实尸体是谁，可凶手深知死者脸部一旦暴露，精心炮制的阴谋就将败露，便用棍棒猛击大江君致他昏死过去。”

“照你这么说，世本君现在怎么啦？你说他还活着？”署长插嘴问道。

明智小五郎扑哧笑了，又笑着说起了有趣的下文。

# 服　　毒

“是的，还活着，他才是杀害夏目太郎的凶手。被我们称为绿衣人的凶手，就是世本静夫，就是他头戴赭色假发套、身着绿色衣服扮成夏目太郎。好了，说到这里，大家该明白使用腹语术的人是谁了吧？在世本别墅使用腹语术的，是世本静夫。在这个书房使用腹语术的，也是……”

“你是说那天晚上世本静夫也在？”

“是的，是那个原来的世本静夫。小林君，你见到的那个世本静夫已经化了装。关于世本静夫的情况，我调查过了。作为画家，他是有那么点儿小名气，但仅仅是有名气而已，几乎没人见过他本人，都是靠信件交流。他多半从那时开始，就已经着手准备犯罪。”

“哎，请停一下！我还是无法理解你刚才说的，假设世本静夫是凶手绿衣人，那么，与他绑架芳枝小姐的犯罪目的不就自相矛盾了吗？芳枝小姐原来就是世本静夫的夫人，而世本静夫故意杀害夏目太郎，再扮作夏目太郎绑架芳枝小姐。他这样做不是毫无意义吗？他就是什么都不干，也是芳枝小姐的丈夫，而且可以与她正大光明地生活在一起。”

“是的。”明智小五郎探出上身，那架势似乎等待这样的提问已经很长时间了。

“重大的秘密就在这里！这起案件从表面看，凶手是为了得到芳枝小姐。似乎连续凶杀案的发生，原因都归结于这里。其实，凶手那样做是为了转移人们和警方的视线，掩饰他的真正目的。首先，制造世本静夫被杀假象后杀害夏目太郎；其次，杀害夏目菊次郎；最后，杀害夏目菊太郎。这才是凶手制订的作案计划和目的。斩尽杀绝夏目一家，把夏目菊太郎和夏目菊次郎留下的数亿日元遗产据为己有。”

“那么，凶手从下朝上插入地板的那把剑，是企图杀害夏目先生的侄女芳枝小姐，他那样做也是为了达到这一目的吗？”

“不，不是的。凶手没有杀害芳枝小姐的打算。因为凶手原本是芳枝小姐的丈夫，再说又得到了与芳枝小姐结婚的许可，成了夏目家遗产的合法继承人。诸位，大家该明白凶手是谁了吧？就是他！他是真正的凶手，一个人同时扮演了三个角色，一个是绿衣人，一个是世本静夫，一个是夏目太郎。”明智小五郎的手指笔直地指向山崎的脸。

这时山崎脸色苍白，头上冒汗，可当他看到大家的目光都注视着他的时候，便假装作若无其事地哈哈大笑：“哈哈……

明智先生的凭空想象实在是耸人听闻。”

“住嘴！你这个绿衣魔鬼罪恶滔天！署长，快把凶手抓起来！这个叫山崎的凶手编造一封假信诱骗夏目菊次郎到S村海岸的洞窟，又在那里残忍地杀害了他。在水族馆里，小林君上了这个叫山崎的凶手的当。当时，他并没有消失，而是在水族馆通道拐角那边摘下假发，脱下外套，敏捷地变绿衣人为山崎。如果凶手不是山崎，谜就无法解开。在地板下故弄玄虚的也是他，企图转移我们的视线。他装作搜寻凶手的模样，发出与绿衣人相同的笑声。喂，山崎君，不，世本君，反驳吗？”

“嘻嘻……先生真是人不可貌相，写小说肯定是把好手。就算你说的都对，可证据呢？希望你能出示证据。”

“哦，你想看证据？那就满足你！今晚你杀害了夏目菊太郎是吗？”

“我不知道你说什么，如果知道我是凶手，为什么不当场抓住我？这么说，明智先生明明知道凶手要杀害老人却袖手旁观，我没有说错吧？”

“是的，我看了你的表演，看见你用那支没有子弹的枪朝老人射击。”

“什么，没有子弹？”

“哈哈……说的对！枪膛里的子弹都事先被我取走了。你以为夏目菊太郎已经被你一枪打死而感到格外兴奋？实话告诉你，老人没有死，他把预先藏在睡衣里装有血液的塑料袋压破，于是，血顺着破口流了出来。但是，那并不是老人的血。”

“啊……我……我真傻！”

“不光是那样。老人从一开始就不在卧室，代替他的是这个和这个！”

明智小五郎从口袋里取出假发套和外套分别戴在头上、穿在身上，于是，出现在大家面前的不再是明智小五郎，而是夏目菊太郎。山崎见状吓得魂飞魄散，差点儿从椅子上跳起来。

“对不起，让你受惊了！哈哈……这和你的手法相同。老人目前正在附近洗温泉，心情特别舒畅。诸位，我说去东京而且真的离开了这里。在车站附近的旅馆里我化装成老人，他化装成我。可老人觉得化装后不太像我，便去那家温泉闭门不出。

“在老人出发前让他写遗嘱的是我，那是因为凶手一直在等它。待老人回别墅后再杀害他，在时间上比原来的计划推迟的缘故，就是为了得到老人手上的遗嘱。为了这个，凶手饱受了难以言喻的煎熬。

“山崎君，我在卧室里亲眼看见了想杀害老人的凶手，而且清清楚楚地看见了那张脸。我就是用这只手取下他的假发套的，完完全全地看清了你这张毫无表情的脸。”

“行了，行了，我失败了！我一直没有把明智小五郎放在眼里，这是我的过错，也是我失败的根本原因……”山崎嘶哑着嗓音说完，摇摇晃晃地滑下椅子扑通一声倒在地上。他那失去血色的嘴角，流淌着殷红的鲜血。

“大家别紧张，我早就准备了这样的药。我……我……彻底败给明智了……”

大家茫然不知所措，室内鸦雀无声。这时，有人突然朝倒在地上的山崎跑来，是世本芳枝。

# 真　　相

世本芳枝发疯似的紧紧抱住山崎，号啕大哭。

完全出乎意料的案件结局，使大家的思维变得迟钝了，只是注视着眼前的悲伤情景。

“明智先生，真相大白了，我基本上没什么可问的了。不过，我还是有弄不明白的地方……

“第一，地道里的山崎君和绿衣人应该不是同一个人；第二，芳枝小姐被强行从书房带走的时候，山崎君应该是在院子里；第三，你们到达这幢别墅那天，山崎君在树林里发现绿衣人追了上去；第四，绿衣人在港口宾馆密室般的房间里不翼而飞了。

“这几个疑问，我应该如何思考才能找到答案呢？你刚才尽管解释过，可我还是理解不了。”

署长担心世本芳枝听了更加伤心，压低嗓音问明智小五郎。从他脸上的表情看得出，无论如何他也要让大侦探解开上述疑问。

“你只要这样分析，上述疑问就不难解开。芳枝小姐多次遭绑架，又多次脱险，可始终没有弄清楚绿衣人的真相。这是为什么？不管凶手怎样化装，她不可能连自己丈夫也认不出来。”

明智小五郎说话的语调十分平静。署长听到这里不由得吓了一跳，急忙转过脸来望着正在无声抽泣的世本芳枝。

“署长先生，你现在该明白了吧！凶手绿衣人不是一个，是两个。夫妇共同炮制阴谋，共同实施罪恶勾当。为正式实施这一犯罪计划，他俩做了长期的精心准备。如果说谁是主犯，不用说，是世本芳枝。

“地道里，她扮作绿衣人事先等候。书房里，山崎君为诱骗我们故意站在书架前看书，一看见我们便装作惊慌失措的模样。当我进入地道发现绿衣人的身影后，扮作绿衣人的世本芳枝便朝黑暗里跑，引诱我被地面上的绳索绊倒。

“趁我爬起来的瞬间，她迅速脱去外套恢复原来模样趴在地上，制造被凶手拉拽的假象。她自编自演的那出独角戏，演得还真像。在这间书房里遭绑架，也是她自编自演的独角戏。

“港口宾馆里发生的情况也是这样。当小林君和中村警长赶到宾馆的时候，她让山崎君从后门逃走，当时出现的绿衣人影子，是她自己的投影。”

“那明智先生，说说你化装绿衣人的理由？”

“哦，那是为了调查世本芳枝是不是凶手的同伙。我扮作绿衣人进入地道，倘若里面就她一个，则打算主动与她攀谈核实真相。今天傍晚，我终于达到了这一目的。当我进入她卧室的时候，她却没有认出我这个绿衣人。板起脸训斥我说：‘现在这时候你还化装来我房间，太危险了！’可见，她是一条美女蛇！她装病躺在床上，还时不时疯疯癫癫的，都是自编自演蒙骗人的把戏。”

署长听完明智小五郎的这番话，着急得像热锅上的蚂蚁坐立不安起来。

“证据已经确凿，我现在就去把她抓起来。”

署长径直走到世本芳枝的旁边，伸出手打算抓住她的肩膀拽起来，没想到她腾地站了起来。

她猛地拂开署长伸出的手朝床那里跑去，随即从被子里取出手枪，转过身来摆出射击架势。

刚才明智小五郎和署长之间的窃窃私语，她都听见了。

“哈哈……没料到吧，竟然是如此有趣的故事结尾和如此精彩的大戏谢幕！瞧，我的眼眶里噙满了晶莹的泪水，这可是胜利的泪花。

“日本第一大侦探明智小五郎先生，堂堂的警署署长先生，你俩结伴去鬼门关一点儿也不会感到寂寞，相反是你们的光荣。因为，你俩是为了抓捕凶手而牺牲的。

“我这支手枪里一共有六发子弹，喂！佐助君夫妇俩，我批准你们获得自由。明智先生、署长和其他警察，还有小林君，你们看清楚我的射击架势了吗？我可是百步穿杨的神枪手哟！”

世本芳枝首先把枪口瞄准明智小五郎，她那白嫩的手指用力扣动了扳机，可只发出“咔嚓”的响声，不见枪口冒烟，也不见有人倒地。

“哈哈哈……”明智小五郎的笑声摇撼着书房。

“别浪费时间了！你手枪里的子弹早已被我卸了！”

“真是那样？你居然耍手腕！”

世本芳枝毫不胆怯，突然把枪扔到地上，又张嘴挖苦明智小五郎：“不过，无论你是多么有名的侦探，我这一招你是察觉不到的吧？瞧这个……”

世本芳枝扬了扬戴在手指上的戒指，那上面镶有一颗宝石。

就在大家慌慌张张正要跑过去的一瞬间，世本芳枝已经从戒指上卸下那颗宝石，迅速将嵌在那里的白色粉末连同戒指敏捷地送进嘴里。

“哈哈……别了，诸位！”

看着看着，那张美丽的脸渐渐苍白得像一张纸。毒妇步履蹒跚，跌跌撞撞，好不容易走到山崎尸体的旁边，突然倒在尸体上。

片刻，她全身痉挛般地抽搐起来，之后就一动也不动了。人们呆若木鸡，直愣愣地注视着这可怕的一幕。

“好，就这样让她去吧！”

望着这对自取灭亡的罪恶夫妻，明智小五郎轻声说道，又转过脸朝身边的小林芳雄微微点了点头。

おわり